KB147405

배낭에 챙겨가야 할
깨알같은
남미 이야기

배낭에 챙겨가야 할 깨알같은 남미 이야기

장순근 지음

지난 시간, 극지연구소와 세종기지에서 생활하면서 남미는 내게 고향과도 같은 곳이었다. 찾아간 횟수와 비례하게 그곳에 대한 그리움은 늘 커져갔다. 칠레를 거의 해마다 오가고, 마젤란 해협에 있는 칠레 남극연구소에서 1년 동안의 연가(年暇)를 보내기도 했다. 일반적인 여행객들 보다 훨씬 많은 시간을 보냈음에도 그곳은 찾아갈 때마다 다른 얼굴로 나를 반겼고, 찰스 다윈의 『비글호 항해기』를 번역 하기에 이르렀다. 1991년부터 시작하여 세 번이나 비글 해협에 관한 책을 번역하면서 나는 남미 안에 더 깊숙이 들어갈 수 있었다.

남미의 역사와 자연, 문물은 혼자 알기에는 아까운 것들로 넘친다. 매 순간 기록하고 찍고 기억에 새겼던 것들을 틈틈이 정리해서 몇 년 전부터는 남극 연구에 참가하는 분들에게 남미를 소개하는 자료로 써왔다. 연구를 목적으로 남미를 찾는 사람들에겐 감상보다 실체가 중요

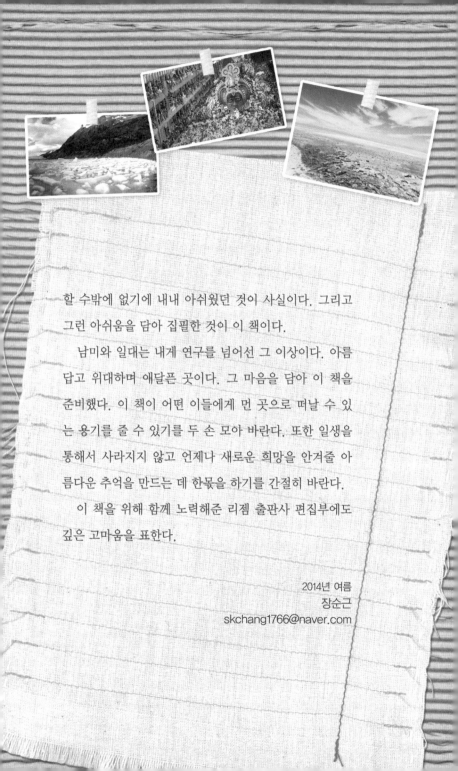

할 수밖에 없기에 내내 아쉬웠던 것이 사실이다. 그리고 그런 아쉬움을 담아 집필한 것이 이 책이다.

남미와 일대는 내게 연구를 넘어선 그 이상이다. 아름답고 위대하며 애달픈 곳이다. 그 마음을 담아 이 책을 준비했다. 이 책이 어떤 이들에게 먼 곳으로 떠날 수 있는 용기를 줄 수 있기를 두 손 모아 바란다. 또한 일생을 통해서 사라지지 않고 언제나 새로운 희망을 안겨줄 아름다운 추억을 만드는 데 한몫을 하기를 간절히 바란다.

이 책을 위해 함께 노력해준 리젬 출판사 편집부에도 깊은 고마움을 표한다.

2014년 여름
장순근
skchang1766@naver.com

contents

prologue • 4

배꼽으로 웃다
브라질

고기 때문이야! • 14

1월의 강에서 • 15

얼마나 예쁘겠어요? • 18

모든 언어는 상파울루에 모인다 • 20

고통스러운 쇼 • 21

일주일을 위해 1년을 살다 • 24

숲 속을 걸어 무지개를 만나다 • 26

고운 모래 같은 그들의 삶 • 30

적도의 태양을 바라보다
에콰도르

더 높다고 더 먼 것이 아니다! • 34

죄수들의 섬 갈라파고스 제도 • 38

진화하는 섬 • 40

두 번 가고 싶지는 않아! • 42

당신도 진화하고 싶다면 • 43

소년을 따라가다
페루

눈물의 역사가 있는 메스티소의 나라 • 50

배신의 배신의 배신 • 53

쇠락한 '왕들의 도시' • 54

그는 누구였을까? • 57

사라진 것들과 남겨진 사람들 • 59

숨 막히는 아름다움 • 61

천 마디 말보다 • 63

살아있어서 다행이다 · 66

그 여자들은 누구일까? · 68

소년을 따라가다 · 70

먹고 자고 · 72

할아버지의 할아버지의 할아버지 · 76

개척이라는 이름으로 · 82

되찾기 위한 싸움 · 84

중남미의 불량소년? · 85

칠레 최고의 환율 · 87

맛있다, 마시다 · 90

복잡하고 시끄럽고 빠르고 아름다운 · 93

삶의 한 부분을 사다 · 98

머나먼 땅에서 만난 우리글과 사람 · 101

Shall We Dance? · 103

칠레에도 해물탕이 있다 · 105

그 어떤 아름다움도 · 107

은의 길 · 112

뺏으려는 자, 지키려는 자 · 113

해선 안 될 농담 · 116

철도가 없는 나라 · 117

격렬하지만 애잔한 탱고의 도시, 부에노스아이레스 · 120

깎자! · 121

암벽에 그린 무지개 · 124

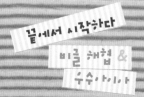
마젤란과 만나다
마젤란 해협 & 푼타 아레나스

목숨을 건 시작 •128
마젤란과 라푸라푸의 사이에서 •129
마젤란이 있었다 •133
어둡고 긴 겨울에 놀기 •135
우리 돈을 받는 스콧 환전소! •137
길 잃은 고양이는 되지 않을 거야 •139
남빙양을 바라보며 먹는 신라면 •140
펄떡이는 것들 •143
호텔에서 잠만 자나? •146
성탄 특식 값은 티셔츠 •148
여자를 조심하세요 •150
원시시대로 가는 길 •153
그래도 아름다워서 •156
그들의 천국 •158
그 새는 대포 속에서 산다 •161
칠레 땅 위에서 열어라 •164

끝에서 시작하다
비글 해협 & 우수아이아

옥돌 위에 푼 하얀 실 •168
'세상 끝'에 서서 •170
아무리 비싸도 아깝지 않은 •171
장담할 수 없지만 •175
단추와 바꾼 소년 •177
당신이 선택할 수 있는 두 가지 •180

외로움을 달래다
푸에르토 윌리엄스 & 우신도

해군들의 도시 · 186
마지막 남은 야마나를 만나다 · 187
반가워 · 190
사람이 그리워 · 191
같은 곳을 향하는 다른 풍경 · 192

세상의 끝에 홀로 서다
케이프 혼

바람 한가운데에서 시를 읊다 · 198
죽은 선원은 새가 되어 · 202
세상의 끝에서 보내는 편지 · 205
훈? 혼? · 207
세상의 끝을 향해 가다 · 208

참고문헌 · 212
찾아보기 · 213

페르난디나 섬

산티아고 섬

산타크루스 섬

산크리스토발 섬

이사벨라 섬

핀손 섬

갈 라 파 고 스 제 도

남미로 가는 길

카라카스

베네수엘라

가이아나
파라마리보
수리남
프랑스 령
기아나

보고타
콜롬비아

키토
에콰도르

페루

트루히요

리마 마추픽추
쿠스코

볼리비아

브라질

브라질리아

라파스 산타크루즈

파라과이

칠레

아순
시온

상파울로
리우데
자네이루

파라나
이구아수 폭포

아르헨티나

산후안

발파라이소
멘도사
산티
아고
산루이스

우루과이

부에노스
아이레스
몬테비데오

콘셉시온

발디비아
오소르노
푸에르토몬트

칠로에 섬

마젤란 해협

티에라델푸에고 섬

리오그란데

레스 델 파이네 국립공원
비글 해협

푼타아레나스

나바리노 섬

우수아이아

케이프 혼

허셜 섬

배꼽으로 웃다
브라질 Brazil

고기 때문이야!

브라질을 포함한 아메리카 대륙이 유럽 사람들에게 알려진 사연은 뭘까?

유럽인들은 11, 12세기에 들어와 쇠고기를 주식으로 하였고 그에 따라 가장 필요하게 된 것이 쇠고기의 냄새를 없애고 맛을 내며 보존을 가능하게 하는 후추, 계피, 겨자, 육두구, 정향 같은 양념과 향신료였다. 이를 거의 독점 판매하던 아랍 상인들은 유럽인들을 대상으로 갖은 폭리를 취하였다.

인도나 중국으로부터 넘어오는 양념과 향신료에 대한 간절한 수요는 결국 이를 가져올 수 있는 새로운 길의 모색으로 이어졌다. 그리고 지중해 상인들과 가장 멀리 있으면서 대서양을 바라보고 있던 포르투갈에서 이러한 조짐이 먼저 일어났다. 15세기 포르투갈인 항해자 엔히크 왕자는 아랍인들의 후추를 비롯한 향신료와 금과 상아를 직접 찾아 나서고자 1418년부터 인도로 가는 새로운 항로를 개척하기 위한 탐험을 시작했다. 이른바 '대항해시대'의 시작이다.

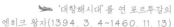 '대항해시대'를 연 포르투갈의
엔히크 왕자(1394. 3. 4~1460. 11. 13)

현재에도 브라질의 슈하스카리아라는 바비큐에는 유럽 사람들이 고기를 먹는 풍습이 살아있다. 쇠고기를 긴 쇠꼬챙이에 끼워서 구운 다음 손님 앞에서 칼로 잘라주는 이 음식은 브라질을 대표하는 브라질식 불고기이자 비프 스틱이다. 같은 고기지만 오븐에서 굽는 비프 스틱과는 아주 다른 맛이 나고 훨씬 더 맛있다. 채소를 좋아하는 사람은 채소를 따로 주문하면 된다.

1월의 강에서

브라질은 넓이 851만 ㎢에 인구 1억 9천만 명으로 남아메리카에서 가장 크며 세계에서 다섯 번째로 큰 나라이다. 2000년대 들어 경제와 사회가 상당히 나아지고 있으며 최근에는 우리나라와 마찬가지로 최초의 여자 대통령이 탄생되었다.

포르투갈의 항해가들이 15세기에 브라질을 발견했는지는 아직도 풀리지 않은 의문으로 남아있다. 하지만 콜럼버스 항해에 참가했던 스페인의 항해가 핀손이 1499년 11월 스페인 팔로스를 출발해서 1500년 1월 브라질 해안에 도착해 아마존 강의 입구를 발견하면서 브라질 땅이 유럽 사람들에게 처음으로 알려진 것은 사실이다.

이어서 포르투갈의 항해가 카브랄이 1500년 4월 브라질에 당도한 후에 포르투갈의 영토로 선언하면서 브라질은 포르투갈의 식민지가 되었다. 당시는 유럽인들이 유럽인 주인이 없는 땅을 발견하면 자기네 영토로 선언했던 이른바 '발견하는 시대'였다.

베스푸치는 일찍이 동쪽으로 눈을 돌린 포르투갈 왕의 후원으로 탐험을 떠날 수 있었다. 1502년 1월 1일, 그는 대서양과 좁은 입구로 연결된 구아나바라 만을 강으로 잘못 알고 포르투갈어로 '1월의 강'이라는 뜻의 '리우데자네이루(이하 리우)'라고 명명하였다. 그러나 실제로 그곳은 만으로, 리우는 로스앤젤레스와 함께 강이 없는 세계의 큰 도시들 가운데 하나이다. 식수는 부근에 있는 호수를 사용하며, 식민지 시대인 1763년부터 수도가 되어 1960년 브라질리아로 이전하기 전까지 브라질의 수도였다.

베스푸치는 카리브 해와 남아메리카의 동쪽 해안을 탐험했다. 그는 후반기 탐험에서 브라질 해안과 리우와 라플라타 강을 발견했으며 그 남쪽까지 항해했던 것으로 보인다. 사람들은 상인이자 탐험가이며 항해가인 베스푸치가 새로이 발견한 곳이 아시아의 일부가 아닌 이른바 '신대륙'이라는 사실을 확실히 알게 되었다(그러나 '신대륙'이란 유럽인의 의견이지 그곳에서 사는 사람에게는 아무런 의미가 없다). 이 땅을 발견한 아메리고 베스푸치의 이름을 따서 '아메리카'라는 이름이 나오게 된 것이다.

1532년에는 후일 브라질이 될 이 땅에 포르투갈인의 거주지가 세워졌으며 1534년 포르투갈 왕이 그 땅을 12개 지역으로 나누면서 포르투갈의 본격적인 식민지가 되었다. 포르투갈은 프랑스와 싸우면서도 지속적으로 영토를 넓혀 나갔다. 포르투갈의 영토는 1567년에는 리우까지 넓어졌고 북서쪽도 영토가 되었다. 해양 왕국으로서 지위를 확립하면서 대단히 넓은 영토를 소유한 것이다.

Ptolemy's World Map : 2세기 중엽에 알렉산드리아에서 활동한
그리스의 천문학자인 프톨레마이오스가 만든 이 세계지도를 갖고
많은 항해사들이 '발견하는 시대'에 뛰어들었다.

브라질의 초대 황제인 페드루 1세는 나폴레옹의 침략을 피해 왕실과 함께 브라질에 상륙하였다가 아버지 주앙 6세가 포르투갈로 귀국한 후에도 브라질에 머물렀다. 그 후 페드루 1세가 리스본 포르투갈 의회에 브라질의 독립을 요구했지만 그들은 거절했다. 하지만 페드루 1세는 1822년 독립을 선언하고 초대 황제에 즉위했다.

브라질의 독립을 이뤄낸 페드루 1세는 극적인 몸짓으로 말 위에서 칼을 휘두르며 이렇게 외쳤다고 한다.

"독립이 아니면 죽음이다!"

얼마나 예쁘겠어요?

브라질은 황수정, 자수정, 오팔, 에메랄드 같은 보석과 화석이 매우 유명하다. 실제 브라질의 한스 스턴이나 암스테르담 자우어 등의 유명한 보석상들은 관광객의 택시비를 대신 부담하면서 손님들을 자기네 전시장으로 모은다. 손님이 도착하면 전시실로 안내해 보석의 원석을 발견하고 그 원석을 갈아서 보석을 만드는 과정까지 생생하게 보여준다.

안내하는 사람은 되도록 손님과 같은 국적인 여자가 하는데, 그 나라 여자가 없으면 근처 나라 여자가 안내를 한다. 우리나라 여자가 없으면 일본 여자가 안내하는 식이다. 안내가 끝나면 보석을 사도록 유도하는데, 그 기술이 보통이 아니다. 목걸이를 자신의 목에 대면서 "당신 부인이 이 목걸이를 하면 얼마나 예쁘겠어요?"라고 생글생글 웃으면서 묻는 자세가, 한번 붙들리면 사지 않고는 견디지 못할 정도이다. 안내하는 여자는 대개 2명씩 짝을 이루어 다닌다. 이야기를 하지 않는 여자, 즉 물건을 팔지 않는 여자는 경력이 적은 후임인 동시에 보석을 파는 선임을 감시한다. 이는 보석이 작아도 워낙 비싼 것이라 보석을 파는 여자와 손님 사이에 검은 거래를 막기 위한 어쩔 수 없는 방법으로 보인다. 보석을 파는 여자도 예전에는 같은 일을 했으므로 그 사실을 잘 아는 듯 신경을 쓰지 않는 눈치다.

우리가 주변에서 가끔 볼 수 있는 팔뚝처럼 큼직한 물고기 화석들과 자수정이 안쪽의 벽에 이빨처럼 다닥다닥 붙은 아름드리 정동晶洞은 상당 부분이 브라질에서 들어온 것이다. 정동이란 광물의 표면에 결정들로 가득찬 공간을 말한다. 광물의 성분이 녹은 뜨거운 액체가 식을 때, 빈 공간이 있으면 안쪽부터 한 겹씩 자수정이 결정되어 아름다운 자수정 정동을 만든다. 정동의 겉은 시커먼 초록색으로 더럽게 보여도 안에는 아주 잘 생긴 자수정들이 가득 차 있다. 안팎이 그야말로 천지 차이다. 물고기 화석은 두 쪽으로 쪼개져 좌우가 딱 들어맞는 화석도 있다.

현재까지 발견된 다이아몬드 원석 중에서 가장 크다고 알려진 것은 남아프리카에서 발견된 3,106캐럿의 '컬리넌'이다. 하지만 사실 세계 최대의 다이아몬드는 브라질에서 발견됐다. 3,167캐럿의 '카보나도'가 그것이다. 카보나도는 다이아몬드와 같은 결정구조를 가지고 있지만 보석용으로는 사용할 수 없는 흑색의 다공성 물질로 이뤄져 컬리넌에게 그 타이틀을 뺏긴 것이다.

명확하게 밝혀진 것은 아니지만 카보나도는 약 26~28억 년 사이에 우주에서 지구로 날아온 운석의 파편으로 여겨지고 있다.

모든 언어는 상파울루에 모인다

브라질 여행의 처음은 상파울루로 출장을 갔던 때였다. 상파울루는 인구 1,500만 명으로 남미에서 가장 큰 도시의 하나이다. 관광객도 많아 온갖 인종이 다 섞여 있고 전 세계 언어가 다 쓰이는 것처럼 보였다. 실제 그랬을 것이다.

상파울루의 식당과 술집에서는 관광객들을 위한 다양한 쇼가 거의 매일 밤 열린다. 상파울루에서 처음 본 쇼는 많은 무희들의 현란한 춤이었다. 쇼를 보는 동안 어디선가 나타난 여자들이 함께 술을 마시자고 계속 권했다. 우리는 사양했지만 옆자리에 있던 일본 젊은 이들은 여자에게 명함을 주는 것으로 보아 만날 약속을 하는 것 같았다. 여자들은 영어뿐 아니라 불어 또한 유창하게 했다. 외국인이 하도 많으니 몇 개 국의 외국어도 필요할 것이다. 이런 술집들은 술값이 아주 비싸다. 여자가 마시는 술값이 아주 비싼 것은 비단 브라질뿐 아니고 남아메리카 전체에 걸친 현상이라고 보아도 크게 틀리지 않는다.

길거리 여인들 가운데는 마취제를 가지고 다니면서 손님을 마취시키고 지갑을 털어가는 여인들도 있다. 실제로 당한 사람한테서 들은 바로는 리우에서 밤늦게 쇼를 보고 오는 길에 포장마차에서 만난 여자가 주는 캔 음료를 마셨고 그 다음은 기억이 없었다고 한다. 당시 그런 짓을 한 여자는 남자의 티셔츠 주머니에 액수가 가장 적은 브라질 지폐 한 장을 꽂아두었다고 한다. '나도 양심이 있어 전부 다는 가져가지 않는다.'는 뜻인가?

고통스러운 쇼

1822년부터 1960년까지 브라질의 수도였던 리우는 1565년에 건설된 도시로 나폴리와 시드니와 함께 세계 3대 아름다운 항구 중의 하나이다. 만의 안쪽에 발달한 섬과 연갈색 해안, 파란 하늘, 진한 초록색의 울창한 숲, 푸른색 바다가 조화되어 정말 아름다운 도시이다.

리우에서는 다양한 쇼를 볼 수 있는데, 두 번째로 방문했을 때 본 쇼가 가장 기억에 남는다. 그

✈ 시내에는 카포에이라 공연장이 꽤 많다.

쇼에서는 무술로도 생각되는 브라질 전통 춤을 보여주었다. 무술을 익히는 흑인 노예들이 주인을 속이기 위해 춤추듯 보이게 했던 것이라는 설명에서 흑인 노예들의 고통이 어땠을 지 알 수 있었다.

그때 우리를 안내했던 교민은 브라질 사람들이 버섯을 건강식품으로 찾는다며 그 사업을 하겠다는 말을 했다. 브라질 사람들이 점차 건강에 눈을 뜨기 시작했다는 말로 들렸다. 안내인이 안내한 음식 거리에 있는 식당은 그야말로 관광객들을 위한 거리였다. 가격이 표시된 음식의 그림을 보고 음식을 선택하고 음료수를 주문하면 된다. 비싸지도 않았고 종류가 무척 많았다.

리우의 명물인 두 팔을 벌린 예수상은 활석으로 만들어졌다. 그러나 그 주변에 울퉁불퉁하게 솟아있는 산들과 마찬가지로 예수상이 서있는 코르코바도 언덕은 화강암이다. 예수상이 있는 곳으로 올라가는 계단은 검붉은 석류석이 박힌 변성암이다. 바위 표면을 잘 보면 엄지손가락 끝만큼 큰 붉은 색의 석류석들이 보인다.

최근 폭풍우와 벼락 때문에 오른쪽 엄지손가락 부분이 떨어져 나

✈ 1931년 완성된 리우의 예수상은 2007년 새로운
세계 7대 불가사의 중의 하나로 선정됐다.

가 현재 복원 작업을 벌이고 있다. 오는 2016년 예수상 건립 85주년에 맞춰 대대적인 보수공사도 있을 예정이라고 하니 앞으로 그 모습이 더욱 기대된다.

일주일을 위해 1년을 살다

이 책의 독자 중 리우 카니발을 모르는 사람은 없을 것이다. 리우 카니발은 매년 2월 하순에 일주일간 리우뿐 아니라 크고 작은 거의 모든 브라질의 도시와 마을에서 열리는 브라질, 어쩌면 지상에서 가장 큰 잔치이다. 도시가 크면 클수록 그 규모가 큰 것은 당연하다.

리우 카니발의 경우, 거리를 가득 채운 수만 명의 남녀가 형형색색의 원색 옷을 입고 가지가지의 화려한 장식을 몸에 달고 진하게 화장을 하고 춤을 추는 게, 옆에서 보고 있기만 해도 어깨가 들썩거리고 신이 난다. 게다가 여자들은 몸의 거의 전부를 내어놓은 채로 몸을 흔들고, 거대한 사람 인형이나 동물 형상을 앞세운 행렬이 끝없이 이어지며, 신기한 재주를 부리는 사람들도 가득하다. 로마 양식의 건물에서 로마 군복을 입고 춤을 추는 사람들도 있다.

카니발의 꽃인 삼바 행렬에서 가장 눈에 띄게

현란한 춤을 추는 여자들 가운데는 흑인이 상당히 많다. 브라질의 흑인 대부분은 유럽인들이 데리고 온 흑인 노예의 후손이다. 브라질은 세계에서 가장 뒤늦게 노예제도를 폐지했다. 그래서 지금도 브라질에는 흑인들이 상당히 있다. 그러나 정작 그 비율은 전체 인구의

✈ 리우 카니발의 화려한 모습은
세계 최고의 축제로 꼽히기에 손색이 없다.

3~4% 정도이다. 그들이 카니발을 워낙 좋아하고 많이 나타나 실제보다 아주 많은 것처럼 보인다는 말도 있다. 실제 리우 카니발을 보면 알겠지만 흑인들이 카니발을 휘어잡는다는 기분이 들 정도이다.

카니발의 주최 측에서는 축제 기간 동안 삼바 경연 대회를 열어 상을 준다. 이 대회에 참가하기 위해 리우를 포함한 브라질의 큰 도시에는 카니발이 열리는 일주일을 준비하는 삼바 학교들이 리우에만 200개가 넘는다. 그 일주일을 위해 1년을 삼바 학교에 다니는 사람들도 많다.

즐거운 일이 있으면 노래하고 춤추는 것이 인간의 본능이다. 카니발을 옆에서 본다면 그 감격은 아주 오래갈 것이다.

숲 속을 걸어 무지개를 만나다

이구아수 폭포는 너무나 유명해 설명이 필요하지 않을 것이다. 브라질과 아르헨티나와 파라과이 국경에 있는 이구아수 폭포는 높이가 70m 정도밖에 되지 않는다. 하지만 270개가 넘는 폭포들의 웅장함으로 높이보다는 그 폭이 넓어서 인기가 있다(미국 나이아가라 폭포보다 훨씬 웅장하다고 한다).

이구아수 폭포는 세종기지에서 돌아오던 길에 브라질 쪽에서 보게 되었다. 이구아수 폭포를 보는 방법은 다양하다. 우리는 먼저 폭포를 구경한 다음 숲 속을 걸어가 보트를 탔다. 폭포로 올라가다 '코아티'라는 처음 보는 네발 동물을 만났다. 크기가 큰 토끼 정도이고 어미와 새끼가 10~15마리 정도 모여서 사는 코아티는 남아메리카

숲 속에 사는 대표적인
동물이다. 사람들을 무서
워하지 않는 것으로 보아
사람들이 해치지 않는다고
생각하는 것 같다. 실제로
사람에게 크게 해롭지 않다고
한다. 그래도 처음 보는 작지

🛫 브라질 이구아수 국립공원 입장권

않은 동물들이 너무 가까이 오는 게 신
경이 쓰이긴 했다. 하지만 문제가 될
정도였다면 안내인이 미리 주의를 줬
을 것이다. 그런데 더운 지방의 숲 속
에 많다고 생각했던 모기 같은 곤충이
나 독충, 독사는 거의 없었다.

🛫 이구아수 폭포 주변의 자연을
보호하자는 스티커를 나눠줬다.

　폭포에 가까이 갈수록 폭포에서 나는 소
리가 들려 마음이 설렜다. 마침내 폭포가 보이
는 곳에 다다르자 모두 사진을 찍느라 바빴다. 그러나 폭포가 점점
많이 보이면서 굳이 그럴 필요가 없다는 생각이 들었다. 폭포 가까
이 걸어갈 수 있는 나무로 만든 길이 있어서 폭포에 아주 가깝게 갈
수 있고 사진도 찍을 수 있었다. 게다가 우리가 갔을 때는 다행스럽
게 해가 나, 쏟아지는 폭포 사이로 대지를 울리는 물소리와 함께 무
지개가 아름답게 비쳤다. 안내인의 말로는 무지개를 보지 못할 때
가 훨씬 더 많다고 한다. 그 아름다움을 잊을 수가 없다. 신기하게

도 검은색에 크지 않은 새가 폭포의 뒤쪽을 드나들었다. 거센 물줄기 뒤로 안전한 둥지를 튼 그 새의 지혜가 놀랍다.

우리가 걸어서 지나갔던 숲은 열대우림으로 어두컴컴할 정도로 나무가 우거졌다. 그래도 워낙 많은 사람들이 걸어 다녀 길이 나있고 안내인도 아는 게 많아 나무와 식물에 관한 재미있는 이야기들을 들을 수 있었다. 보트는 폭포에서 떨어지는 물보라를 뒤집어쓰기에 좋은 곳까지 들어간다. 물이 더러운 것도 아니고 날씨도 더워 물을 뒤집어쓰는 게 하나도 싫지 않았다. 오히려 어린애라도 된 듯 웃고 떠들었다. 우리는 한여름에 가 물을 뒤집어썼지만 혹시 우기나 한겨

이구아수 폭포가 보트에 탄 우리를 집어삼킬 것 같았다.

울에 간다 해도 그렇게 춥지는 않기 때문에 물보라를 한껏 즐기기를 추천한다.

이구아수 폭포에 가기 위해서는 카타르 도하를 경유해 브라질 상파울루에 입국한 뒤, 국내선으로 갈아타는 노선과 미국을 경유해서 가는 노선 두 가지가 있다. 카타르 항공을 이용해 도하를 경유하면 미국을 경유하는 노선보다 4시간 정도 더 걸리지만 비용은 70% 정도 저렴하고 미국을 경유할 때 필요한 미국 비자가 필요 없는 등의 이점이 있다.

브라질 쪽 이구아수 폭포

고운 모래 같은 그들의 삶

날씨가 아주 나빠서 남극 세종기지를 계획된 날에 떠나지 못해 예정이 뒤틀려 기대했던 귀국 여행이 엉망이 된 적이 있었다. 그 때문에 코파카바나 해안에서 며칠을 보냈다(연구소에서 보낸 비행기 표가 워낙 싼 표라 본부의 허락을 받아야만 바꿀 수 있어서 바꾸지 못하고 그냥 눌러있었다). 다행히 그때 해가 나지 않아 살이 타지 않았다. 그 해안의 연갈색 모래는 하도 고와서 모래가 아닌 설탕 가루나 밀가루 같은 기분이 났다.

라틴아메리카가 다 그런 것은 아니겠지만 브라질 국민들은 제대로 교육을 받지 못한 사람들이 많아 글을 쓰지 못하는 이들을 종종 볼 수 있다. 실제로 사진을 찍은 다음에 보내주겠노라고 주소를 써 달라고 해도 주소를 쓰지 못하는 젊은이들을 몇 사람이나 만났다. 그래도 스스로 비행기를 만드는 것을 보면 브라질도 저력이 있는 나라인 것은 확실하다.

브라질이 국토가 넓고 자원이 풍성한 반면 인구가 적고 빈부 차이가 심해서인지 정부가 국민의 60%만 통제하고 나머지는 내버려둔다는 말을 들었다. 대표적인 예가 바로 대도시 높은 곳에 생긴 파벨라이다. 파벨라는 내란에 동원된 군인들이 전쟁이 끝난 후에 급료를 지급받지 못해 산비탈에 올라가 무허가 집을 짓고 살면서 형성됐다고 한다. 그들이 모여 살던 산자락에 자생하던 파벨라 나무가 지명의 어원이 된 것이다. 이제는 브라질의 대표적인 빈민가이자 전형적인 우범지대의 대명사가 된 파벨라는 경찰도 손을 대지 못한다고 한다. 어

━ 리우의 밤, 산비탈을 따라 파벨라의 불빛이 가득하다.
멀리서 바라본 그곳의 아름다움에 더욱 안타까운 마음이 든다.

디서 총알이 날아올지 모르기 때문이다. 그 말이 사실을 얼마나 반영
하는지는 몰라도 최근 들어 브라질의 경제가 나아지면서 그들의 환
경도 조금씩 좋아지고 있다니 다행이다.

　하지만 관광객들은 조심해야 할 것들이 많다. 그 가운데서도 남
루하게 보이는 10대 어린이들을 조심해야 한다. 남자아이고 여자아
이고 대부분은 소매치기다. 그러므로 현금, 사진기나 시계 같은 귀
중품은 몸에 지니고 있지 않는 게 좋다. 아니면 이중 주머니가 있는
바지를 입고 그 속에 보관해야 한다. 그리고 옷을 말쑥하게 차려입
고 환전이니 무어니 하면서 친절하게 접근하는 젊은이들도 조심해
야 한다.

이사벨라 섬

나

산티아고 섬

산타크루스 섬

핀손 섬

산크리스토발 섬

갈 라 파 고 스 제 도

Ecuador

적도의 태양을 바라보다

에콰도르 Ecuador

더 높다고 더 먼 것이 아니다!

에콰도르는 스페인어로 '적도'를 뜻한다. 국가 이름처럼 에콰도르는 남위 5° 정도에서 북위 1.5° 정도로 적도에 걸쳐있다. 에콰도르의 수도인 키토에는 '적도 박물관'이 있다. 이곳에서는 적도이기 때문에 가능한 여러 가지 실험들을 볼 수 있다. 가장 유명한 것은 '못위에 날달걀 세우기'와 '물 흘려보내기'이다. 북반구인 우리나라는 세면대에 물이 시계 반대 방향으로 흘러 내려간다. 앞서 얘기한 브라질이 남반구인데, 브라질에서는 세면대에 담긴 물이 빠질 때 시계 방향으로 흘러 내려간다. 그렇다면 적도는 어떨까? 적도에서 물은 어느 방향으로도 돌지 않고 수직으로 내려간다!

🛪 적도 박물관. 적도에서는 무게 중심인 달걀 속의 노른자가 어느 한쪽에 치우치지 않고 정확하게 아래로 가라앉기 때문에 달걀을 깨뜨리지 않고서도 세울 수가 있다.

파나마 지협에서 가까운 에콰도르는 남아메리카의 여러 나라 중에서 일찍 발견되었고 연구되었다. 파나마 지협을 넘어왔던 스페인 탐험가들이 중앙아메리카를 따라 내려가 적도 부근에 상륙했기 때문이다. 게다가 당시에 남아메리카에서 가장 높다고 생각된 6,310m의 침보라소 화산이 우뚝 서있어서 쉽게 발견되었을 것이다.

침보라소 화산에는 몇 가지 어원이 있는데 그 가운데 하나가 잉카 원주민의 말로 '건너편에 있는 눈'이라는 뜻이다. 침보라소 화산 정상에는 빙하가 있기 때문이다. 스페인이 남아메리카 서해안을 정복하는 초기에 본거지가 에콰도르에 있었기 때문에 많은 박물학자들이 침보라소 화산을 탐험했다. 침보라소 화산은 남위 1°로 적도 가까이 있어 지구의 중심에서 가장 멀다. 지구의 중심으로부터 세계에서 가장 높은 산인 에베레스트 꼭대기(8,850m)까지는 6,382.3㎞이지만 침보라소 화산의 꼭대기(6,310m)까지는 6,384.4㎞이다. 침보라소 화산이 에베레스트보다 지구의 중심에서 2,168m 더 멀다. 더 높다고 더 먼 것이 아니다!

에콰도르는 아주 가난한 나라이다. 비행기에서 내려 시내로 나오면 회색의 건물과 자동차는 아주 구식이고, 사람들의 옷차림이 남루해 가난하다는 것을 금방 알 수 있다. 에콰도르에 머물 때 혹시 여유가 조금이라도 있으면 운전수나 안내인에게 조금이라도 팁을 주는 게 좋다. 우리에게는 얼마 되지 않는 금액이 그들에게는 적지 않기 때문이다. 가난한 국민들이 사는 이 나라의 자연은 아주 깨끗하다. 깨끗한 자연 속에서 때 묻지 않은 순진한 사람들이 사는 나라이다.

　에콰도르의 수도인 키토는 해발고도 2,800m에 건설되어 세계의 수도 가운데 가장 높은 곳에 있다. 안데스 산맥 가운데에 작은 평지와 골짜기에 건설된 키토는 기후와 경관이 대단히 좋다. 실제 높이가 4,000~5,000m나 되는 놀랄 정도의 높은 산들이 이 도시를 감싸고 있다.

　에콰도르는 물가가 싸서 40~50달러 정도면 깨끗한데다가 따뜻한 물이 언제든지 나오는 욕실까지 딸린 방을 얻을 수 있다. 또 화산이나 주변의 풍광이 아주 좋은 지역의 하루 생태 여행은 60~100

달러 정도이니 비싼 것이 아니다. 화산이 많은 나라여서 온천 상품도 있다.

에콰도르도 다른 남미 국가처럼 빈부의 차이가 아주 크다. 실제 가난한 그 나라에서도 벤츠나 BMW, 아우디 같은 고급 승용차가 적지 않게 눈에 띈다. 그만큼 있다는 뜻일 것이다. 나아가 부자들은 무장한 경호원들이 지키는 숲에 둘러싸인 동네에서 수영장에 테니스 코트까지 있는 저택에서 산다. 우리나라에서 이민 간 사람들 가운데에도 그런 동네에서 사는 사람들이 있다고 한다.

아무리 좋은 집에서 살고 고급 자동차를 굴리고 파티를 근사하게 해도 그들은 불안한 에콰도르의 치안 때문에 안전하지 못해 사고도 많다고 하니 부가 삶의 모든 것을 해결할 수 없다는 것이 사실인가 보다.

내가 묵었던 la casa SOL이라는 숙소에는 아름다운 정원도 있었다.
왼쪽의 명함에는 아니타 칼레로라는 직원의 이름이 써있다.

죄수들의 섬 갈라파고스 제도

에콰도르 영토인 갈라파고스 제도는 적도(북위 1° 40′~남위 1° 30′)와 서경 89°에서 92°에 걸쳐있다. 남아메리카 대륙에서 965㎞ 떨어진 이 제도는 상당히 큰 섬 9개와 작은 암초들로 되어있다. 섬들이 약 6만 ㎢의 바다에 흩어져 있으며 섬들을 합한 넓이가 약 7,994㎢이다.

활화산 섬인 갈라파고스 제도는 섬의 크기에 비해 정상이 아주 높아서 섬의 지형이 험준하다. 가장 큰 섬인 이사벨라 섬의 늑대봉이 가장 높아 1,707m이며, 이 섬에는, 1,689m, 1,208m 봉우리도 있다. 그 서쪽에 있는 페르난디나 섬은 그렇게 크지 않은 섬인데도 가장 높은 봉우리가 1,494m이다. 갈라파고스 제도에서는 최근에도 화산이 폭발해 붉은 용암이 흘러내린다. 지질학에서는 갈라파고스 제도의 형성 시기를 지금부터 500만~300만 년 전 정도인 신생대 후기로 본다.

갈라파고스 제도에서 발견된 토기 조각들로 보아 원주민이 한때 살았던 것으로 보인다. 1535년 파나마로 가다가 항로를 벗어난 토마스 데 벨랑가 주교가 발견한 이후 이 제도는 19

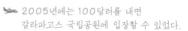
2005년에는 100달러를 내면
갈라파고스 국립공원에 입장할 수 있었다.

갈라파고스 제도에서 가장 큰 섬인 이사벨라 섬이다.
황량한 갈라파고스 제도의 대부분의 다른 섬과 달리
이 섬에는 초록 숲이 우거진 곳이 있다.

세기 초까지 주로 영국 해적들의 은신처가 되었으며 이후에는 고래잡이들이 찾아왔다. 에콰도르 정부는 갈라파고스 제도를 1832년 자신의 영토로 선포한 후에 유형지로 썼다. 본토에서 멀다는 점을 이용해 정치범을 포함한 죄수들을 죽이지 않고도 확실하게 가두어둘 수 있었기 때문이다.

에콰도르 정부는 1959년 갈라파고스 제도의 형무소를 폐쇄하고 국립공원으로 지정했다. 1986년 5월 13일에는 에콰도르 대통령이 대통령령으로 갈라파고스 제도를 해양자원 보호구역으로 지정했다. 현재 약 25,000명의 사람이 4개의 섬에서 살며, 섬에 있는 생물들의 생태와 그 보호 방법을 연구하는 다윈 연구소가 산타크루스 섬에 있다.

진화하는 섬

『종의 기원』을 써 인류를 발전시킨 찰스 다윈(1809~1882)이 '생물은 진화한다'는 증거를 찾은 섬으로 유명한 갈라파고스 제도는 1년 내내 관광객이 끊이지 않는다. 에콰도르는 이러한 갈라파고스 제도를 최대한 이용한다. 실제로 키토와 과야킬 공항에 가면 온 벽면이 갈라파고스의 생물들과 생태에 관한 내용으로 뒤덮여 있는 것을 볼 수 있다. 나아가 모든 가게의 기념품과 장난감과 책은 갈라파고스 생물 일색이다. 그만큼 갈라파고스 제도를 찾는 사람이 많다는 뜻이리라.

갈라파고스 제도에만 있는 커다란 거북은 사는 섬에 따라 등껍데기 모양이 다르다. 그중 코끼리거북은 운이 좋아야 만날 수 있다고 한다. 우선 관광객이 갈 만한 곳에는 그 거북이 드물고, 그 거북을 보려면 일부러 찾아가야 하는데 관광객은 그런 개인 행동도 하지 못할뿐더러 그렇게 할 시간도 없기 때문이다. 대신 다윈연구소에 있는 거북들도 같은 거북이니 굳이 야생 거북을 찾아가지 않아도 된다. 그러나 건기에는 거북들이 물을 찾아 낮은 곳으로 내려온다니 잘 하면 그들을 볼 수도 있을 것이다.

핀치새는 사는 섬에 따라 부리의 모양이 달라 13종이나 된다. 참새 크기의 이 핀치새들은 사는 곳의 지형과 지면, 먹이와 주변의 식생에 따라 진화한 대표가 되는 새이다. 어두운 색깔에 무시무시하게 생긴 바다도마뱀과 황갈색에 덜 무시무시하게 생긴 육지도마뱀은 식성이 초식성이라는 점에서 세계에서 단 2종 밖에 없다.

다윈은 잘 알다시피 보통 사람이

🛬 갈라파고스 제도에 분포한 코끼리 거북은 코끼리의 발과 같은 모양의 발 때문에 붙여진 이름이다.

🛬 흑갈색의 더럽고 무시무시하게 보이는 바다도마뱀의 몸길이는 1.5m에 달한다.

🛬 바다사자의 이날 식사는 바다뱀이었다.

아니다. 표본들을 관찰하고 비교하고 생물의 적응과 진화를 생각할 정도로 위대한 그의 정신 능력은 말할 것도 없지만, 표본을 모은 부지런함과 그가 한 일의 양 또한 상상을 넘어선다. 실제 그는 갈라파고스 제도에서 땅에서 사는 새 26종과 물새 11종, 물고기 15종, 땅에서 사는 달팽이 16종과 갑충 25종, 식물 193종을 채집했다. 생물의 종만 그 정도이고 모은 개체의 숫자는 그보다 훨씬 많다고 보아야 할 것이다. 그 외에 조개와 도마뱀, 거북과 쥐를 채집했고 화산암과 용암 조각들을 채집했다. 물론 조수와 친구들이 그를 도왔다고 생각되지만 어쨌든 대단한 양이다. 더구나 단순히 모으기만 하지 않았고, 필요하면 동물들의 배를 갈라 표본들을 일일이 처리했고 관찰했고 기록했다. 그리고 많은 양의 비망록과 일지와 일기를 남기기까지 했다. 그런 점에서도 그는 역시 위대한 사람이다.

두 번 가고 싶지는 않아!

갈라파고스 제도는 적도에 있는 것에 비하면 상당히 시원하다. 바로 남쪽에서 올라오는 훔볼트해류 또는 페루해류라고 부르는 한류 때문이다. 이는 독일의 위대한 박물학자였던 알렉산더 폰 훔볼트(1769~1859)가 조사한 해류여서 붙여진 이름이다. 칠레와 페루의 해안에서 서식하는 훔볼트펭귄 또한 그의 이름을 따서 붙여졌는데, 목에 검은 줄이 하나 있고 부리 주위와 얼굴이 붉고 가슴과 배에 검은 점이 몇 개 있다. 마젤란펭귄은 훔볼트펭귄과 비슷하지만 목에 검은 줄이 2개이며, 얼굴이 붉지 않아 훔볼트펭귄과 다르다.

갈라파고스 제도는 고도가 높아지면 기온은 내려가고 비가 많이 온다. 따라서 식생은 높아지면서 풍부해진다. 그러므로 사람이 많이 찾는 낮은 곳은 덥고 건조하다. 건기인 6월부터 11월까지는 그래도 기온이 좀 낮아 시원하고 바람도 분다. 자주 오는 이슬비가 하루 종일 오며 안개도 심하게 낀다. 반면 우기인 11월부터 다음 해 5월까지는 바람이 없고 덥지만 비가 세차게 오는 수가 있다. 햇볕이 제대로 나 더울 때는 우리나라보다 훨씬 덥다.

파도가 높고 비가 불시에 오므로 여행객들의 필수품이라 할 수 있는 디지털 카메라를 각별히 조심해야 한다. 보트에서 상륙하거나 보트를 타려다가 뜻하지 않게 물을 뒤집어쓸 수 있다. 해안 가까이 오는 배는 작은 보트 외에는 없기 때문에 파도의 영향을 많이 받는다.

섬의 풍경도 위치와 계절과 높이에 따라 다르겠지만 대부분이 황갈색의 황량한 풍경이 대부분이다. 땅바닥이 화산암이라 어두운 반면에 해안은 연갈색 모래가 아주 아름답다. 일주일의 경험으로는 갈라파고스 제도는 자연에 큰 호기심이 있거나 반드시 와야 할 이유가 없다면 싫증내기 딱 좋은 곳일지도 모른다. 그 때문인지 두 번 가고 싶지는 않았다.

당신도 진화하고 싶다면

갈라파고스 제도는 다윈의 명성에 덩달아 널리 알려져 지금은 유명한 관광지이다. 그러다 보니 관광객이 너무 많아 관광객들은 한곳에 2시간 이상 머물지 못하며 안내자 없이는 시내 외에는 혼자 돌

✈ 키토 공항에서 만난 에콰도르 학생들이다. 그들에게 갈라파고스 제도는
더할 나위 없이 좋은 현장학습장일 것이다.

✈ 오른쪽부터 프랑스 커플, 네덜란드 커플, 에콰도르 여자, 멕시코 남자,
한국 남자 등 다양한 국적의 관광객들을 만날 수 있었다.
멕시코 50대 남자 두 사람은 게이 부부로 생각된다.

아다닐 수 없다는 규정이 있다. 물론 유명한 사진사나 작가나 학자는 다를 것이다. 다윈연구소가 있고, 인구가 14,000명 정도이며, 관광객이 마음대로 돌아다닐 수 있는 갈라파고스 제도의 수도인 푸에르토 아요라는 크기 1~1.5㎞ 정도에 지나지 않는 작은 동네이다.

갈라파고스 제도를 찾는 관광객들이 아주 빨리 늘어나 1990년에 4만 명이었던 관광객이 2006년에는 14만 명이 넘었고 2009년에는 16만 명이 되었다고 한다. 지금도 꾸준히 늘어나고 있다. 워낙 유명해서 인터넷에 갈라파고스 제도를 치면 쉽게 여행 정보와 여행사를 많이 찾을 수 있을 것이다. 최근에는 에콰도르의 교민이 운영하는 여행사가 에콰도르 현지에 있다니 접촉해볼 만하다.

현재 우리나라 사람이 갈라파고스 제도에 가려면 에콰도르의 비자가 없어도 되며 비자 없이 90일간 체류할 수 있다. 그러나 2005년에는 그렇지 않아서 그해 3월 산티아고에 있는 주한 칠레 대사관에서 발행한 비자를 받았었다. 그 비자로 에콰도르에 입국하려고 하자 에콰도르의 입국 관리자는 한국 사람이 산티아고에서 비자를 받았다는 사실을 의아하게 생각하면서도 입국을 허락했다.

남반구에선 3월이 가을이지만 갈라파고스 제도는 아주 더웠다. 작은 관광선을 타고 섬들을 찾아보았는데 혼자 갔더라면 비용이 더 들었을 것이다. 일일이 찾아서 예약해야 하고 그들의 스케줄에 맞춘 관광 상품을 사야 하기 때문이다. 관광객이 아주 많아지면서 모든 것이 조직화되었고 체계가 서서 개인이 일정을 잡기는 어렵다고 보아야 한다. 설혹 비용은 약간 절약할지 몰라도 시간이 훨씬 더 들것이다.

🛬 키토 공항 또는 제2의 수도인 과야킬 공항에서
갈라파고스 제도로 가는 비행기를 탈 수 있다.

또 여행사와 계약한다면 구경할 곳을 미리 잘 알아두고, 떠나기 전에 계약해야 한다. 그렇지 않고 현장에서 좋은 곳이 있다는 말을 듣고 그리로 가면 추가 비용을 요구한다. 항의를 할 경우에는 물정을 모르는 사람이라고 도리어 면박만 당한다.

덧붙이면 내가 만난 대부분의 여행사나 안내인은 정직했다. 그러므로 그들이 제시한 비용을 심하게 깎는 것은 바람직하지 않다고 생각한다. 실제 아르헨티나에서 만난 안내인은 이스라엘 관광객들이 유난히 여행 비용을 깎는다며, 그들에게는 깎을 것을 대비해 미리 높은 비용을 부른다고 말했다.

관광선에서 내릴 때에는 관광 안내인과 선원들을 위한 봉사료를 생각해야 한다. 특별한 기준이 있는지는 모르겠으나 관광선의 수준이나 승객의 마음일 것이다. 만약 너무 적은 금액을 건네면 반갑지 않은 인상을 주고받을 것이다. 국가는 가난하지만 안내인과 선원들은 관광을 할 여유가 있는 사람들을 상대하므로 동등한 대우를 받길 원한다.

관광지에서는 잘 알다시피 알아야 보이고 재미도 있고 배우는 것도 많다. 그러므로 에콰도르를 포함하여 어느 곳이라도 가기 전에 반드시 목표를 세우고 그곳의 역사와 자연을 공부해야 한다. 요새는 인터넷에 정보가 많아 여러모로 유리하다.

Peru

소년을 따라가다

페루 Peru

눈물의 역사가 있는 메스티소의 나라

스페인 사람들은 황금을 찾아 콜럼버스가 발견한 곳에서 북쪽으로 올라가 멕시코와 플로리다 주로 올라갔다. 또 파나마지협을 따라 남아메리카로 내려갔다.

부하들과 함께 남쪽으로 내려간 피사로는 1532년 11월, 168명의 부하 군인들과 함께 잉카 아타우알파 왕을 만났다(잉카의 정확한 뜻은 잉카족을 다스린 왕과 그 가족을 말한다). 그는 항상 하듯이 성경을 내어놓고, '삼위일체'와 '성모마리아', '독생자', '십자가'를 이야기하면서 가톨릭교를 선교하기 시작했다. 그러자 잉카 왕이 "그런 내용이 어디에 있는가?" 물었다. 피사로가 성경을 내어놓고 여기에 있다고 말하자, 왕이 성경을 귀에 대었다. 성경에서 아무런 소리도 들리지 않자, 왕은 성경을 땅바닥에 내동댕이쳤다. 그러자 피사로가 "봐라! 저 악마가 성경을 땅에 던져 버렸다!"고 소리쳤고 공격이 시작되었다.

피사로는 이 공격에서 무장하지 않은 잉카족 군인 6천 명 정도를 죽이고 왕을 사로잡았다. 말이 6천 명이지 그 전투는 잉카족들에게는

프란시스코 피사로(1471?-1541)의 동상은 그의 고향인 트루히요의 마요르 광장에 있다.

그야말로 날벼락이요, 아비규환이었을 것이다. 168명이 6천 명을 죽였다니, 상상이 되지 않지만 사실이다! 아무리 말을 탄 정복자의 무기가 좋았고 기습이었다지만 원주민들은 어처구니없게 참패했다. 당시 잉카족들의 무기는 돌이나 구리로 만든 도끼와 방망이로 스페인군의 강철 무기와는 비교가 되지 않을 정도로 약했다.

왕을 인질로 하여 잉카족에게서 엄청난 양의 황금과 순은을 뺏은 피사로는 다음 해에 도착한 스페인 증원군에게 그가 빼앗은 황금을 조금도 나누어주지 않았다. 그러자 증원군은 잉카족을 멸망시켜 더 많은 보물을 빼앗으려고 피사로에게 1533년 8월 29일(7월 26일?) 잉카 왕을 목 졸라 죽이게 했다. 잉카족과 맺은 약속을 어기고 잉카 왕을 죽인 피사로는 서구의 역사상 가장 불명예스러운 정복자가 되었다. 그러나 피사로는 증원군의 강요로 죽였을 뿐 자신은 왕을 살려주고 싶었다고 해명했다. 그는 잉카의 수도인 쿠스코를 1533년 11월 15일 정복했다.

잉카족들은 안데스 산맥의 깊은 곳으로 숨어들어 다시 나라를 세우려고 했으나 1572년 영원히 사라졌다. 잉카족이 스페인 군대에게 멸망당하면서 현재 페루는 국민의 1/3이 스페인 백인과 원주민의 혼혈인 이른바, 메스티소로 이뤄진 천주교 국가가 되었다.

쿠스코^{Cuzco}나 마추픽추^{Machu Picchu}의 석조 건물들을 지은 바위틈으로는 면도날이 들어갈 빈틈도 없다. 그만큼 바위들을 잘 깎아 맞추었다. 잉카족들은 나무가 물을 먹고 늘어나는 현상을 이용해 바위에 구멍을 뚫고 나무를 박은 뒤 물을 부어 바위를 깨뜨렸다. 또 바위

위에 모래를 놓고 다시 그 위에 바위를 놓아 매끈하게 갈았다고 한다. 모래는 대개 아주 딴딴한 광물들의 알갱이이므로 바위를 간다는 것이 가능할 것이다. 치밀하게 들어맞는 네모나게 깬 돌들을 보노라면 그들의 기술이 놀라워 벌어진 입이 다물어지지 않는다. 그들의 기술이 놀랍다는 말 밖에는 다른 말을 할 수 없다. 그들에게 바위는 바위가 아니라 밀가루 반죽이었나 보다. 나아가 작은 바위는 수 톤이지만 큰 바위는 수십 톤이 넘는다. 그렇게 큰 바위를 어떻게 가져다 쌓아올렸는지는 정말이지 신기할 뿐이다. 게다가 그동안 지진도 많았는데, 어떻게 맞추고 쌓았기에 무너진 흔적이 하나도 없다.

　미국 로스앤젤레스 소재 캘리포니아 주립대학교에서 생리학을 강의하는 재레드 다이아몬드Jared Diamond 교수의 말을 빌리면, 잉카가

🛪 잉카족의 석조 기술은 '12각돌'에서 확인할 수 있다.
그런 기술 때문에 석조 건물들은
심한 지진에도 무너지지 않았다.

피사로에게 정복당한 사건은 이른바 신세계가 유럽인에게 정복당하는 효시가 되어 인류사가 다시 쓰이는 시초가 되었다고 한다. 그 이후 신세계인 남북아메리카 대륙과 태평양의 섬들은 서럽게도 서양의 지배를 받았다. 아라비아와 중동, 인도와 중국, 오스트레일리아, 동남아시아도 마찬가지였으며 아프리카도 마찬가지였다.

배신의 배신의 배신

정복자들은 원주민들에게 기독교를 믿도록 강요했다. 원주민들을 무수하게 죽였고 여자를 범했고 황금과 순은을 뺏고 노예를 만들어 중노동을 시켰다. 그리고 원주민의 문화를 말살시켰다. '하느님을 믿고 이웃을 네 몸 같이 사랑하라'는 기도를 매일 드리는 인간이, 종교를 빙자하고 자기의 이익을 위해서는 얼마든지 잔인해질 수 있고 포악해질 수 있다는 점에서 아무리 옛날 일이지만 섬뜩하지 않을 수 없다.

배를 타기 전에는 돼지를 쳤다는 피사로는 잉카제국을 멸망시켜 명예와 부를 한꺼번에 움켜잡았다. 하지만 피사로의 원정대는 얼마 지나지 않아 동반자였던 알마그로와 부의 분배를 두고 분쟁이 싹트기 시작했다. 피사로는 알마그로를 처형했고, 결국은 알마그로의 아들과 부하들에게 1541년 6월 26일 비참한 죽음을 당했다.

피사로가 죽는 순간의 장면에는 두 가지 이야기가 있다. 하나는 자신의 피로 땅바닥에 그린 십자가에 입을 맞추면서 "예수님!" 하고 피를 토하듯이 울부짖으면서 죽었다고 한다. 다른 하나는 조금 다르다. 칼을 맞고 쓰러진 그는 가톨릭 신자가 하듯이 손가락으로 입에 십자가를 그리며 하느님에게 자신이 지은 죄를 용서해달라고 빌었다 한다. 그 광경을 본 공격자가 "지옥에서! 지옥에서나 용서를 빌어라!"라고 소리치면서 물이 가득 담긴 큰 물병으로 머리 위를 내려쳐 그의 목숨을 끊었

🔖 디에고 데 알마그로는 잉카족과 싸우다가 한쪽 눈을 잃었다고 전해진다.

다고 한다. 그는 피사로가 많은 사람을 죽여서 지옥밖에 갈 곳이 없다고 생각했는가?

무수한 사람을 죽인 피사로 자신도 죽을 때는 하느님에게 자신의 죄를 용서해달라 빌었다. 강철악마 같았던 그도 자신이 큰 죄악을 저질렀다는 것을 깨달았을까?

쇠락한 '왕들의 도시'

남아메리카 원주민이 수천 년 전 흑요석으로 만든 돌칼로 두개골을 절개해 뇌수술을 했다는 것은 아주 유명한 사실이다. 나아가 수술을 하려고 절개한 부위에 뼈가 새로이 난 것으로 보아, 수술 후에 사람이 살았다는 것을 알 수 있다. 그들의 의술이 그렇게 발달했음에도 그들이 바퀴를 발명하지 못했다는 것은 문명이 발달하는 데에 이해하지 못할 역설이다. 그들은 왕을 가마에 태우고 메고 다녔고

걸어 다녔다. 역사시대에 남아메리카에는 말이 없었지만 유럽인이
가져온 말이 야생이 되어 남아메리카에 퍼졌다.

안데스 산맥의 고산 지방에서 살았던 잉카족들은 코카 잎을 씹어
고산증을 이겼다. 그 때문인지 마추픽추 부근에서는 마약 성분인 코

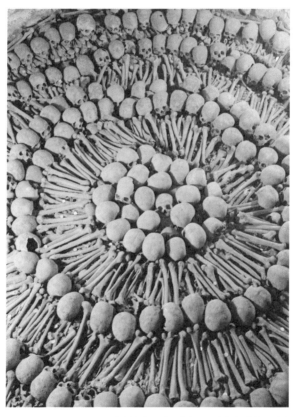

✈ 리마에 있는 산프란시스코 성당의 지하 묘지인
카타콤에는 아직도 수많은 유골이 남아있다.

카인의 추출 원료인 코카 잎을 쉽게 구할 수 있다. 그들은 코카 잎 뿐만 아니라 다부진 신체 구조와 특이한 생리 덕분에 산소가 부족한 아주 높은 곳에서도 어렵지 않게 살 수 있었다. 한편 옛날의 코카콜라에는 코카 잎 성분이 아주 약간 들어 있어 한번 맛을 들이면 떼지 못했다고 한다. 물론 지금의 코카콜라는 그렇지 않다.

페루의 수도인 리마는 스페인이 남아메리카를 정복할 당시에 본부가 있었던 도시로 '왕들의 도시'라고 불렸다. 바로 프란시스코 피사로가 리마를 1535년에 건설하면서 그렇게 불렀기 때문이다. 그러나 실제로 대통령 격인 왕은 스페인에 있었고 리마와 부에노스아이레스에는 부통령 격인 부왕이 얼마 동안 있었다. 한편 페루라는 이름은 페루 지역을 처음으로 탐험한 피사로와 그의 부하 열세 사람이 건넌 비루라는 강 이름에서 따왔다고 한다.

리마는 남아메리카에서 가장 역사가 길고 문화가 발달한 도시 가운데 하나이다. 그러나 페루의 정권이 혁명으로 자주 바뀌면서 지금은 낙후한 나라가 되었다. 그래도 리마에는 잉카의 황금 박물관 같은 박물관들과 훌륭한 건축물들이 많아 과거의 영화를 보여준다. 또 시간을 내어 찾아보면 오래된 책이나 우표나 엽서나 동전 같은 골동품을 파는 곳이 분명히 있을 것이다. 운이 따르면 비싸고 귀한 책을 줍듯이 아주 헐값에 구할 수도 있을 것이다.

리마는 치안이 좋지 않다는 말을 들었다. 길거리가 넓은 신시가지는 덜한데, 좁은 구시가지는 위험하다는 말을 들었다. 그러나 실상은 모르겠다. 몇 년 전 칠레에서 만난 리마에서 몇 년을 살았다는 독일 젊은이는 그런 위험을 못 느꼈다고 말했기 때문이다.

그는 누구였을까?

우리가 알고 있는 잉카족, 곧 페루 원주민들은 동양인의 얼굴에 붉은 피부, 빳빳하고 검은 머리카락에 몸이 퉁퉁하다. 그러므로 우리는 쉽게 그들이 베링 해협을 건너 북아메리카를 지나 남아메리카에 정착한 인디언들이라고 생각한다. 그러나 잉카족의 전설에 따르면 그들은 최초의 잉카인 망코 카팍의 후손들이다. 망코 카팍은 붉은 머리카락에 수염이 난 사람으로 서기 4세기에서 8세기 사이에 세 동생과 그들의 부인과 함께 티티카카 호수에 나타났다고 한다. 망코 카팍은 사람들에게 하느님이 당신들의 아이를 가르치라고 자신을 보냈다고 선언했다. 그것이 잉카제국의 시작이다.

믿기 힘들지만 잉카족이 남아메리카 원주민이 아니라 아일랜드 선교사의 후손이라는 주장도 있다. 실제로 피사로가 잉카의 마지막 왕 아타우알파와 그의 가족을 잡은 다음에 쓴 글을 보면 '그들은 스페인 사람보다 피부가 더 하얗다.'는 글귀가 있다고 한다. 또 금세기 초에는 북서 아르헨티나에서 스코틀랜드의 고지 사람인 게일인이나 아일랜드계 켈트족의 게일어를 쓰는 인디오들이 발견되었다. 그 인디오 가운데는 아일랜드계 켈트족처럼 푸른 눈과 붉은 수염이 난 사람들이 있었다. 또 나스카에서 발견된 미라 가운데는 붉은 머리칼의 사람들이 있다고 한다.

잉카족이 거대한 석조 건물들을 지었다는 주장도 있고, 단지 발견해서 이용만 했다는 주장도 있다. 만약 후자의 설명을 받아들인다면, 그 거대한 석조 건물들은 누가 지었을까? 혹시 앞선 문명을 가지고 있던 사람들이 남아메리카에 고립되었던 것은 아닐까? 그들이 원주민들에게 쫓겨 안으로 달아나 그들만의 왕국을 지었다는 설명도 가능하다. 그들이 쿠스코 부근에서 떠돌던 인디오들에게 쿠스코를 넘겨주고 난공불락의 도시를 지었을까?

거대한 거인들이 쉽게 건물들을 지었으나 인디오들에게 쫓겨 북쪽 멕시코로 갔다는 주장도 있다. 결국 그들은 북아메리카 남서쪽까지 올라갔다가 아파치족에게 동화되었다고 한다. 아파치족의 전

현재 페루에는 잉카의 후손인 원주민들이 상당히 남아있다. 그들은 한때 잉카제국을 건설했으나 지금은 동정을 구하는 신세가 되었다.

설에서는 그들이 지은 거대한 석조 건물과 계단식 밭이 나온다. 아파치족의 일부는 멕시코로 들어가 아즈텍 문명을 건설했다고 한다. 북아메리카 슈족에게도 거대한 석조 건물을 지었던 번개새에 관한 전설이 있다. 아마도 남아메리카에서 올라간 부족의 이야기가 그 전설의 바탕이 되었을 것이다. 번개새는 북아메리카 인디언의 전설에 나오는 거대한 새로, 천둥과 번개를 치게 하고 비를 오게 하는 신이다.

사라진 것들과 남겨진 사람들

쿠스코는 잉카족의 언어인 케추아 말로는 '세계의 배꼽'이라는 뜻이다. 그들이 말하는 세계란 그들이 지배했던 지금의 콜롬비아부터 북부 아르헨티나까지를 의미한다. 쿠스코는 황금이 많았던 잉카제국의 수도이므로 부근에는 볼 곳이 많다. 벽을 황금으로 둘러쌌던 잉카제국에서 가장 중요한 사원 코리칸차, 요새 또는 거주지나 사원으로 보이는 삭사이우아만, 거대한 바위에다 미로와 왕좌와 해 달력을 조각한 켄코, '붉은 요새'라는 뜻의 푸카 푸카라, 물의 사원인 탐보마차이를 보아야 한다. 탐보마차이로 오는 물은 그 수원을 모른다고 한다. 길가에서 흔히 볼 수 있는 웬만한 건물의 기초는 모두 잉카 시대에 축조된 것이다. 그 후에 단지 집만 새로이 지었을 뿐이다.

스페인군은 쿠스코를 정복한 뒤, 잉카족들로 하여금 잉카 궁전이나 신전들의 윗부분을 헐어내고 그 자리에 천주교 성당들을 짓게 했다. 예컨대 위에서 말한 코리칸차를 헐어내고 지은 산토도밍고 성당이 그런 성당의 대표이다. 그리고 1559년에 초석을 놓아 백 년만인 1659년에 완성된 쿠스코 대성당은 잉카의 비라코차 궁전을 허물고 지었다. 산프란시스코, 산타클라라, 산페드로, 산타아나 같은 성당들 또한 모두 잉카 건물 위에 지어진 성당들이다. 그런 성당이 자그마치 19개나 된다. 유일신을 믿는 기독교가 다신교를 믿는 잉카의 신들을 없앤 것이다.

스페인 사람들은 자신들이 하느님 말씀에 충실해 천당으로 간다고 믿었을 것이다. 그들이 천당으로 갔는지는 모르겠으나 수많은 사

🛩 잉카 최고의 왕궁이었던 코리칸차의 입장료는
   10솔, 우리 돈 약 4,000원이다.

🛩 삭사이우아만은 가이드 비용만 20솔
   인데 1시간 남짓의 설명이 꽤 알차다.

람을 죽였고 엄청나게 귀중한 인류 문화유산을 없앤 것은 확실하다. 잉카족들은 목숨이 아까워 정복자들이 시키는 대로 했겠지만 그 설움과 고통은 말과 글로 표현할 수 없었을 것이다.

실제 우리를 안내했던 쿠스코에서 태어났고 그곳에서 자란 쿠스코 출신 여자 안내인인 루스 올리베라 몬시야 부인은 "조상들이 수백 년 전에 당했던 설움과 비통함을 지금도 잊지 못한다."고 말했다. 그 여자의 눈과 얼굴에서 속으로 통곡한다는 것을 읽을 수 있었다.

숨 막히는 아름다움

쿠스코의 높이는 책마다 다르지만, 대영백과사전을 인용하면 3,399m이다. 그러므로 리마에서 비행기를 타고 쿠스코에 오면 고산증세가 나타난다. 증상은 가슴이 뛰거나 얼굴이 붉어지거나 코피가 나거나 어지럽고 구토가 나며 귀에서 소리가 나거나 잘 들리지 않는 경우도 있다. 심하면 계단에서 쓰러진다. 반면 버스나 기차를 타고 오면 몸이 적응되어 그런 일이 없다고 한다.

고산증은 몸을 무리하지 않으면 상당히 가볍게 지나갈 수 있다. 젊은 사람이라도 전날 밤늦게까지 술을 마시거나 게임을 하거나 무리한 다음 새벽 비행기로 쿠스코에 도착해 아침부터 관광에 나서면 고산증세로 아주 고생한다. 실제 목격한 바로는 심하면 머리가 아프고 어지러워 자동차에서 내리지를 못하고 짜증만 내었다. 반면 나이가 꽤 들었어도 일찍 자고 일찍 깨는 경우 고산증세를 거의 느끼지 못했다. 그러므로 평소에 절제 있는 생활을 하면, 그 정도의 높이에

서는 고산증을 그렇게 두려워할 필요가 없다고 생각된다. 고산병에
특효인 약은 없고 낮은 곳으로 가면 저절로 낫는다는 게 의사의 의
견이다.

경험상 쿠스코에 오면 그날은 아무것도 하지 말고 호텔에서 쉬면
서 음식을 조금 먹는 게 가장 좋다. 오래전 세종기지에서 만났던 페
루 해군 제독은 부부가 쿠스코에 오면 마테차를 아주 많이 마시고
푹 쉬며 첫날은 부부가 사랑도 하지 말라고 했다. 한편 마추픽추는
2,900m 정도로 고산증의 증세를 느끼지 못한다.

덧붙이면 500년 전 그 땅에 훌륭한 바위 건축 문화를 일으켰던
원주민의 후손들이 이제는 꾀죄죄한 모습에 동정을 구걸하는 처지
가 된 것이 못내 안타깝고 측은하다. 쿠스코 근처에 있는 유적지에
는 구걸하는 사람들이 많으나 마추픽추 아래에는 큰지한 가게를 가
진 상인들이 많아서 처지가 낫다는 것을 알 수 있었다.

쿠스코나 마추픽추에서는 남
아메리카 거의 어
디에서나 마찬가지
로, 미국 지폐를 그
대로 쓸 수 있다(그
래도 오래 있으려면
그 나라 돈으로 바꾸
는 게 나을 것이다). 또
팁으로 미화 1달러짜리

⤹ 잉카인들이 하는 레스토랑의 광고지를 받았다.

를 준다면 깨끗하고 흠이 없는 돈을 주어야 한다. 페루 사람들은 더럽거나 흠이 있는 미국 돈은 쓰지 못한다고 생각하는 것 같다.

천 마디 말보다

남아메리카에 간다면 잊지 말고 모든 것을 젖혀놓고 마추픽추를 보아야 한다. 인간이 어디까지 위대할 수 있는지 피부로 느낄 수 있다. 반면 그렇게 고생스러운 일을 했던 옛날 사람들이 아주 불쌍하다고 생각할 수도 있다. 실제 엄청난 노동을 했을 것이다.

마추픽추에서 보이는 산의 90%는 경사가 90°, 곧 직각이다. 그만큼 산들이 험하다. 실제 마추픽추 아래에 있는 역에서 쳐다보면 높이가 적어도 200m는 되는 바위들이 수직으로 서있다. 그것도 여러 개가 합쳐진 것이 아니라 단 1개의 화강암 덩어리이며 바위 표면을 덮은 이끼와 풀들이 장관이다. 게다가 눈에 들어오는 풍경이 모두 거대한 바위와 절벽을 빼고는 나무와 수풀로 덮여있다. 실제 마추픽추에서 보이는 상당히 넓은 지대는 밀림이 울창해 기후와 식생이 특이하다는 기분이 들었다. 마추픽추가 있는 곳은 아마존에 발달한 거대한 열대우림이 시작하는 곳이라는 말이 맞다.

태양을 숭배했던 잉카족들은 하늘과 땅과 지하를 다루는 신이 있었다고 믿었다. 해와 달과 별이 하늘을 지배하고 퓨마와 땅을 기어 다니는 뱀이 땅을 지배하고 땅속으로 기어 들어가는 뱀과 미라와 식물의 씨가 지하를 지배했다고 믿었다. 씨가 움터 곡식이 되어 사람을 먹여 살린다고 생각하면 씨를 귀중하게 보는 게 이해된다. 그리고 안데스 산맥에 서식하는 새인 콘도르는 하늘 높이 날고, 땅에서 살고, 우묵한 바위 동굴에 둥지를 지어 하늘, 땅, 지하 세 가지의 세상과 이야기를 한다고 믿었다. 콘도르의 머리와 목을 조각한 것은 그런 이유일 것이다.

마추픽추에는 16개의 샘이 있다. 마추픽추가 있는 곳이 높고 바위로 된 곳이지만 비가 많이 와, 지하수가 있고 샘이 생겨 물을 찾기는 어렵지 않았을 것이다. 물이 흘러가도록 바위를 오목하게 깎은 바위 물길을 연결해 물이 아래로 새지 않게 해 흘려보낸 잉카족들의 기술은 놀랍다. 샘 가운데 세 번째 샘이 가장 주요한 샘이라고 한다. 숫자 3은 세계 신화에서 신성한 숫자로 여겨지며 빈번하게 등장해왔다. 아마도 그들도 숫자 3을 특별히 좋아했던 것으로 보인다. 아니면 우연의 일치인가?

제물을 죽였다고 생각되는 넓고 판판한 바위, 지진에 허물어지지

않게 약간 안쪽으로 휘게 지은 돌벽, 작게 조각한 신들을 모신 감실이 있는 바위벽, 감실 사이에 있는 창문들, 지붕을 연결한 것으로 보이는 바위에 난 구멍들, 출입문, 반듯하게 깎은 바위로 쌓은 계단들, 모두가 그들의 기술이자 정성이라는 생각이 들었다. 잉카족은 주로 야마나 옥수수처럼 그들이 쉽게 구할 수 있는 동식물로 제사를 지냈지만, 가끔 산 사람을 제물로도 썼다고 생각된다.

마추픽추는 돌을 전문으로 다루었던 잉카족들의 건물답게 지붕을 빼고는 모두가 돌이다. 네모나게 깨고 돌의 표면을 매끄럽게 간 돌, 네모나게 깨었으나 갈지 않은 투박한 돌, 가공하지 않은 자연석을 건물과 시설에 따라 사용했다. 제단이라고 생각되는 바위는 거의 모두 매끈하게 간 것으로 보인다. 바위는 다른 곳에서 깨어오기도 했으며 기반암을 그대로 이용한 곳도 있다.

잉카족의 위대한 작품인 마추픽추는
반드시 두 눈으로 직접 보길 바란다

　그들도 당연히 지형을 이용해 평지에는 건물을 지었고 심한 비탈에는 계단을 쌓아 농지로 활용했다. 밭에서는 그들의 주식인 옥수수를 비롯해 과일과 채소를 재배했으리라. 경작지 넓이는 약 20ha, 곧 6만 평 정도가 된다고 한다.

　잉카족들은 농사를 지으면서 태양의 가치를 알아 거대한 해시계 인티와타나를 만들었다. 와이나픽추에 가까운 높직한 곳에 있는 자연석을 깎아 춘-추분과 동-하지에 태양이 뜨는 곳을 알았고 그림자의 길이와 위치로 씨를 뿌리고 추수할 때와 절기를 알았다고 생각된다.

　마추픽추와 유적지 사이에 있는 낮은 언덕인 와이나픽추는 '젊은 산'이고 마추픽추는 '늙은 산'이라는 뜻이다. 와이나픽추 기슭에 있는 커다란 바위를 멀리 보이는 산과 윤곽이 비슷하게 깎아 '성스러운 바위'로 만든 것도 신기하다. 그 모습은 산의 윤곽과도 닮았지만 잉카족들이 잔칫날에 특식으로만 먹었다는 쥐계통의 동물인 기니피그와 비슷해 웃음이 나왔다.

　완전히 고립된 마추픽추는 신비한 곳으로 상당수의 사람들이 외부의 도움 없이 살아갈 수 있는 비밀 도시이다. 물도 산에서 흘러 내려오며 주민을 먹여 살릴만한 농작물도 재배할 수 있었다. 물론 꼭대기까지 올라가는 좁은 길도 건설되었다.

　흥미로운 게 마추픽추에 있는 건물에는 화장실이 없다는 점이다. 안내인의 말로는 당시 사람들이 마추픽추에서는 대소변을 알아서 처리했다고 한다. 대변은 땅에 묻는 식이다. 그렇게 훌륭한 돌 건물을 지을 정도의 사람들이 인간 배설물을 그런 식으로 처리했다는 것이 의아스럽다.

마추픽추 아래 계곡의 높이가 2,500m 정도이고 마추픽추는 400m 정도 더 높은 곳에 있다. 그러나 경사가 급하고 숲이 워낙 울창해 아래서는 거대한 유적지가 있다는 생각을 하기 힘들다. 이런 이유로

✈ 잉카족이 '성스러운 바위'로 숭배하는 이 바위가 우리가 보기엔 산 같기도 하고, 기니피그 같기도 하다.

 광대하고 반듯한 계단식 경작지의
규모는 감탄을 부른다.

🛩 인티와타나가 들어간 마추픽추 입장권

스페인 정복자들도 마추픽추를 발견하지 못했던 것으로 보인다. 그
들이 발견하지 못했던 것이 다행이었던 게, 만약 마추픽추가 발견되
었다면 쿠스코처럼 파괴되어 제 모습을 잃었을 것이 거의 확실하기
때문이다. 그런 것을 생각하면 잉카족이 마추픽추의 터를 아주 잘
잡았다. 그들은 사라졌어도 그들의 작품은 위대하고 찬란하게 남아
있다. 그들은 마추픽추를 통해서 살아있다!

그 여자들은 누구일까?

마추픽추는 잉카의 유적 중에서 가장 늦게 발견되었고 유물만 있
을 뿐 제대로 된 문자 기록이 없다. 그러므로 아직도 의문에 싸인
내용이 많다. 예컨대, 약 200개 정도의 구조물들이 오밀조밀하게 앉
아 있으며 최대 1천 명 정도의 사람이 있었다고 추정되는 마추픽추
의 목적은 상상만 할 뿐이다. 마추픽추에 있는 공동묘지에서는 180

구 정도의 인골이 발견되었다. 3/4은 젊은 여자의 인골이고 나머지는 할머니와 어린 여자아이의 인골이다.

　이런 것을 보아 마추픽추가 이른바 '태양 처녀', 곧 잉카족이 숭배했던 태양에게 제사를 지내던 특별한 처녀들이 살았던 곳이라는 주장이 설득력이 있다. 태양 처녀란 처녀들 가운데서 '뽑힌 여자'들이다. 이들은 태양신에게 제사를 드리거나 옷감을 짜거나 궁녀의 구실을 했던 여자들로 쿠스코에만 3천 명이나 있었다고 한다. 스페인 군대가 가까이 오자 그 처녀들을 마추픽추로 보내어 보호했다는 뜻이다. 인골에서 남자와 여자의 비율은 1:10이라는 의견도 있지만 어떻든 여자의 인골이 절대 많다.

✈ 이곳에 살았던 그 여자들은 누구일까?

마추픽추에서 잉카 왕국의 수도였던 쿠스코로 가는 길도 있어 마추픽추가 쿠스코 이전의 수도라는 주장도 있다.

소년을 따라가다

예일 대학교 고고학자인 하이램 빙엄이 1911년 7월 24일 마추픽추를 발견했다. 그는 남아메리카 안데스 산맥을 중심으로 한 인디오 문화에 관심을 가지면서 남아메리카를 스페인의 식민지에서 해방시킨 콜롬비아 출신의 영웅 시몬 볼리바르의 행로를 따라가기로 했다.

그가 페루에 오자 페루의 관리들은 스페인에게 멸망된 잉카의 마지막 은신처를 찾아보자고 제안했다. 빙엄 자신은 잉카에 관한 큰 지식이 없었으나 그런 제안을 거절할 이유는 없었을 것이다. 그가 그 제안을 따라 1909년 쿠스코에 와 많은 잉카제국의 유적들을 발견하면서 잉카제국의 멸망에 큰 관심이 생겼던 것으로 보인다.

그는 1911년 다시 쿠스코에 와서 잉카제국의 마지막 잉카인 망코 잉카와 그 아이들이 마지막으로 은신했다고 생각한 빌카밤바를 찾아 나섰다. 드디어 빙엄 일행은 7월 23일 우루밤바 계곡에 도착했다. '거미가 사는 곳'이라는 뜻을 가진 우루밤바 계곡은 쿠스코와 마추픽추의 북쪽과 서쪽으로 발달된 골짜기이다. 그 골짜기를 따라 '태양이 사는 곳'이라는 의미의 빌카노타 강이 흐른다.

그들이 그곳에 오자 당시 그 지역에서 농사를 짓던 멜쵸르 아르테아가는 그에게 높은 곳에 와이나픽추와 마추픽추를 배경으로 한 널찍한 평지에 거대한 유적이 있다고 말했다. 그들이 올라가려고 하

🛩 우루밤바 계곡을 따라 잉카의 유적이 흐른다.

자 곧 원주민들이 물병을 들고 나타났다. 그 가운데에 농부의 아들
인 파블로라는 아홉 살 먹은 소년이 그들을 그 유적지로 안내했다.
그 순간이 마침내 마추픽추가 문명 세계에 모습을 드러내는 순간이
었다. 그들은 엄청난 정글을 뚫고 그곳으로 올라가면서 큰 고생을
했을 것이다. 당시 마추픽추 유적에서는 페루 원주민 두 가족이 살
았다고 한다. 그들은 그곳을 무엇이라고 생각했을까?

빙엄은 자신이 최후의 잉카가 은신했던 빌카밤바를 찾았다고 생
각했으나 마추픽추는 그곳이 아니라는 것이 고고학자들의 한결같은
주장이다. 그곳은 아마도 밀림 속에 있어 아직까지 발견하지 못했다
는 의견이 우세하다. 페루에는 빌카밤바라는 산맥은 있어도 마을이

나 도시는 없다. 어쩌면 그 산맥 속에 있을지도 모른다. 실제 빈틈없이 수백 m를 솟아나 숲에 덮인 그 바위틈에 뭔가 있을지 모른다.

마추픽추는 빙엄이 오기 전에는 스페인 정복자를 포함한 다른 백인들의 눈에 띄지 않았다. 그러므로 마추픽추가 발견되었을 때는 사람만 없다 뿐이지 유물은 고스란히 있었다고 보아야 한다. 빙엄은 1911년부터 1915년까지 도자기, 금속, 직물, 유골을 포함하여 4천 점이 넘는 유물들을 가져갔다(그래도

▶ 1911년, 빙엄은 마추픽추 근처에 텐트를 세우고 잉카의 흔적을 찾았다.

마추픽추 발견 100년을 맞은 2011년 예일 대학교는 빙엄이 가져갔던 유물들을 페루에 돌려주었다). 그러나 그전에 마추픽추가 독일 사람에게 발견되어 유물의 일부가 사라졌다는 주장도 있다.

먹고 자고

마추픽추에 갈 기회가 있으면, 잊지 말고 쿠스코에서 조금 떨어진 작은 마을인 피삭Pisac의 식당 돈냐 글로린다Doná Glorinda에서 닭고기 요리를 먹기를 강력히 추천한다. 닭고기가 그렇게 맛있는 고기인지 처음 알았기 때문이다. 실제 닭고기의 특유한 퍽퍽함이 전혀 없고

아주 부드러워 그야말로 입속에서 살살 녹았다. 함께 닭고기를 먹었던 우리나라 요리사의 이야기로는 닭고기를 숙성시키기 때문이며, 자신은 그런 기술이 없다고 말했다.

잉카의 전통 음식은 옥수수와 감자와 고추로 된 음식이며 돼지고기와 양고기 음식은 스페인 사람들이 가져온 짐승의 고기로 만든 음식이다. 돼지와 양이 잉카 영토에는 없었기 때문이다. 대신 낙타 계통인 과나코와 토끼 계통의 동물로 만든 음식은 있었을 것이다. 반면 퓨마는 신성한 동물로 보았으니 잡기도 어려웠겠지만 잡았더라도 그 고기를 먹지는 않았다고 보아야 한다.

몇 년 전 우리나라 신문에서 쿠스코에 라면집이 생겼다는 기사를 읽었다. 쿠스코에서 먹는 라면도 맛있겠지만 원주민의 음식을 먹어보는 것이 중요하다. 어느 곳의 문화와 자연과 역사를 알려면 그곳의 전통 음식을 먹어보는 것이 가장 빠른 방법의 하나이다.

쿠스코에서 100㎞ 정도 떨어진 마추픽추로 가려면 '잉카의 성스러운 골짜기'이자 피삭에서 마추픽추 쪽으로 꽤 떨어져 쿠스코의 북

✈ 닭고기 요리가 대단히 맛있는 음식점 돈냐 글로린다는 벽면의 그림도 충분히 매력적이다.

서쪽에 있는 우루밤바Urubamba를 지나간다. '성스러운 골짜기'는 빌카노타 강을 따라 북서–남동 방향으로 발달한 골짜기를 말하며 잉카의 유적이 여러 곳에 있다.

쿠스코에서 마추픽추로 가는 경우 우루밤바에서 쉬어가기를 강력하게 추천한다. 그만큼 동네가 특이하고 묵었던 호텔이 편안했기 때문이다. 개인적으로 풍수지리를 믿지 않지만 높은 땅에 폭 둘러싸인 우루밤바는 풍수가 대단히 좋은 특별한 땅으로 생각된다. 우루밤바 남쪽 언덕으로는 친체로Chinchero 마을을 거쳐 남동쪽의 쿠스코로 가는 산길이 보인다. 그 길의 대부분은 상당히 높은 평지를 지나간다.

우루밤바에서 묵는다면 호텔 잉카랜드Incaland에서 묵기를 강력히 추천한다. 손님의 방은 나무로 지은 독방인데다가 그렇게 편안한 호텔은 아직 보지 못했기 때문이다. 잔디와 강가의 풀밭이 잘 어우러진 정원에 작은 수영장까지 있다. 돈이 있으면 다시 한 번 더 가고 싶은 잉카랜드에는 유럽 사람들이 옮겨 심은 유칼리나무의 향기도 좋다.

잉카랜드에서는 더운 물에 우려마시라고 탁자에 코카 잎을 쌓아놓았다. 코카 잎은 씹어도 그렇고 우려도 씁쓸한 맛이 나서 그 잎이 보통 잎이 아니라는 것을 당장 알 수 있었다. 고산증세에는 좋은지 몰라도 마약 코카인의 원료이므로 쉽게 손이 가지 않았다.

우루밤바에 묵는다면 저녁에는 우루밤바 시내를 구경하는 것도 좋을 것이다. 시내라고 해봐야 작은 동네이지만 나름대로 운치가 있

✈ 우루밤바에 있는 아늑한 호텔 잉카랜드는
꼭 다시 한 번 가고 싶다.

으며 고기꼬치를 사먹는 기억도 잊지 못할 것이다. 우리의 문화와
역사와 생활 방식과 의식이 다른 사람들의 생활을 구경하고 가끔 참
가하는 것도 기억에 남을 것이다.

할아버지의 할아버지의 할아버지

　우루밤바에서 쉬고 마추픽추로 가는 기차를 타려면 버스를 25분 정도 타고 오얀타이탐보까지 가야한다. 높이 2,880m에 있는 잉카의 전통 마을인 이 마을 원주민의 집도 볼만하다. 사람과 닭과 개가 함께 섞여서 사는 컴컴한 그 집의 벽에는 놀랍게도 수백 년 된 인간의

　시간이 멎은 듯한 오얀타이 마을에서 잉카의 후손과 문화를 만났다.

두개골 몇 개가 벽의 벽돌 틈에 안치되어 있었다(그렇다고 더러운 냄새도 나지 않았고 무섭거나 괴기한 기분도 들지 않았고 그저 머리뼈일 뿐이었다). 집주인도 그 두개골이 얼마나 오래되었는지 모른다고 했다. "얼마나 되었느냐?"는 질문에 단지 "할아버지의 할아버지의 할아버지."라고 말했으니, 7대 위라는 뜻일까? 1대가 30년이라면 210년 되었다는 말일까? 시간이 멎었다고 생각되는 그 집에 있는 문명 세계의 흔적이라고는 작은 흑백 TV 1대와 백열등 1개가 전부였다. 덧붙이면 이런 집을 구경한다면 집주인에게 단 몇 달러라도 감사한 마음을 표시해야 한다.

또 그 동네 광장에는 스페인군이 오기 전에 잉카의 딸을 사랑했던 잉카 휘하의 장교였다는 오얀타이의 상이 있다. 탐보는 원주민 말 탐푸에서 나왔으며 길가에 있는 은신처, 곧 비 따위를 피할 수 있는 곳을 말한다. 그렇다면 오얀타이탐보는 오얀타이의 은신처를 말한다고 생각된다(금지된 사랑을 해서 쫓겨났나?).

페루를 포함한 마약으로 유명한 나라에서 돌아올 때는 대단히 조심해야 한다. 호기심에 코카 잎 한 장이라도 가져와서는 안 된다. 코카 잎 몇 장쯤은 괜찮겠지 하는 생각은 절대 금물이다. 한장이든 한 묶음이든 위반은 위반이다. 잘 알겠지만 미국은 마약에는 용서가 없다. 미국 공항에 내리면 자그마하고 착하게 생긴 마약 탐지견이 나와서 신발과 가방과 수화물에 이르기까지 마약을 탐지한다. 언제인가 미국 공항에서 마약 탐지견이 마약을 소지한 동양인을 찾아내는 것을 본 적이 있다.

✈ 페루 사람들은 코카 잎을 더운 물에 우려서 차로 마신다.

이 책을 읽는 분 가운데 젊고 걷는 것을 좋아하고 시간이 있고 용기가 있다면 잠자리와 텐트와 먹을 것을 지고 밀림 속을 지나가는 잉카 길Inca Trail을 따라 걷는 것도 아주 좋을 것이다. 3~4일 걸리는 이 여행은 마추픽추만 보는 사람들이 놓치는 신기한 유적들과 경치를 볼 수 있는 새롭고 드문 경험이기 때문이다. 높이 4,000m에서 4,200m 정도의 고개를 지나 잉카가 다녔던 길을 따라 마추픽추로 걸어오는 이 여행은 쉽게 기차와 버스를 타고 구경하는 보통 관광과는 다른 기쁨과 감격과 성취감과 만족감을 줄 것이다.

실제 마추픽추로 가는 기차를 타고 가다보면 잉카 트레일이 시작하는 지점의 하나인 88km 지점에서는 배낭을 진 많은 젊은 사람들이 내린다. 그러므로 큰 위험도 없고 새로운 친구들을 만나고 낯선 문화를 배우는 좋은 기회가 될 것이다.

덧붙이자면 마추픽추 입장권은 세 가지로 나뉜다.

① 유적지 126솔

② 유적지+와이나픽추 150솔

③ 유적지+마추픽추 140솔

　(외국인 성인 가격, 학생은 50% 할인 가능)

자신한테 맞는 입장권을 고르는 것도 필수이다.

Chile

그 여자와 춤추다

칠레 Chile

개척이라는 이름으로

1492년 북아메리카가 발견된 이후 1500년 브라질이 발견되었고 1519~1522년 마젤란이 세계를 일주하자 유럽 사람들은 앞을 다투어 아메리카대륙으로 진출했다. 그로 인해 중앙아메리카와 남아메리카는 발견되었고 탐험되기 시작했다. 이 지역 탐험에는 유럽 사람 가운데서도 스페인과 포르투갈의 사람들이 앞장섰다.

스페인 정복자 알마그로는 페루에서 황금을 찾아 내려와 1536년 칠레가 된 땅을 발견했고 개척하기 시작했다. 개척이라는 것은 원주민을 굴복시키고 황금을 뺏는 일이었다. 반항하면 무참하게 죽였다. 이는 당시 남아메리카에 있던 스페인의 모든 식민지에 해당되었다. 그들이 오면서 농사를 짓고 짐승을 사냥하고 제사를 지내면서 살던 원주민들은 평화가 깨어졌고 죽음과 공포 속에서 떨게 되었다.

한편 프란시스코 피사로가 잉카를 정복하자 그의 부하였던 스페인의 발디비아는 배를 타고 남쪽으로 내려왔다. 그는 1541년 2월에 산티아고를 건설했으며 칠레 중남부 지방에 있던 원주민 마푸체족의 공격을 견디면서 3년 후에는 발파라이소를 건설했다. 그는 이어서 남쪽으로 내려가 1550년에는 콘셉시온을 건설했고 또 2년이 지나서는 발디비아를 건설했다. 하지만 그는 칠레 원주민과 싸우다가 전사했고 스페인의 점령지는 북쪽으로 밀려 올라갔다. 결국 칠레는 원주민을 힘으로 굴복시키지 못하고 19세기 후반에 협정을 맺어 원주민과 그들의 땅을 칠레로 편입시켰다. 한편 칠레의 건국 영웅인 발디비아의 이름과 동상은 지금도 칠레 곳곳에서 찾을 수 있다.

✈ 산티아고의 산타루치아 언덕에 발디비아의 동상이 세워져 있다.

되찾기 위한 싸움

스페인의 식민지였던 남아메리카 국가들은 프랑스 나폴레옹이 스페인을 지배하자 18세기 말부터 19세기 초에 걸쳐 스페인의 지배를 벗어나 독립을 얻으려고 싸웠다. 이는 당시 남아메리카에 있던 모든 스페인의 식민지들에서 공통으로 일어난 행위였다. 정치에 관심이 있었던 칠레의 군인들은 스페인의 왕이 밀려나자 1810년 9월 18일, 쫓겨난 왕의 후계자인 페르디난도의 이름을 딴 첫 의회를 열었다. 이 의회는 칠레를 스페인 왕국 내 자치 공화국으로 선언했다. 곧 완전 독립 운동이 폭넓은 지지를 얻게 되고, 칠레는 이 날을 독립기념일로 지정했다. 하지만 스페인은 칠레의 독립을 인정하지 않았고, 독립군과 왕당파의 지리한 투쟁이 이어졌다.

칠레의 군인이자 정치인이었던 오이긴스는 아르헨티나를 독립시킨 마르틴 장군과 함께 부에노스아이레스에서 서쪽으로 멀리 떨어진 안데스 산맥의 동쪽 기슭에 있는 멘도사에서 군인들을 훈련시켰다. 당시만 해도 통신이나 교통이 불편해 수도에서 먼 곳이라면 군사를 훈련시키는 것이 어렵지 않았다. 안데스 산맥을 넘어 온 안데스 육군(칠레 독립군)이 산티아고의 북쪽 차카부코에서 1817년 2월 12일 왕당파 육군에게 크게 승리하면서 오이긴스의 명성과 지배력은 급속도로 강해졌다. 그리고 스페인의 지배력은 사라진 것이나 마찬가지가 되었다.

2대 칠레 최고 총독(재위 1817~1823)이 된 오이긴스는 의회정치를 주장하면서 칠레의 체제를 공화정으로 바꾸었다. 공화정을 도입

한 오이긴스 자신은 페루에서 망명하다가 죽었지만 칠레의 영웅이 되어 그의 이름과 동상은 칠레 곳곳에서 볼 수 있다. 산티아고 시내를 남북으로 나누는 큰길도 오이긴스 거리이다.

중남미의 불량소년?

1차 세계대전을 전후해 유럽에서 많은 이민들이 칠레로 몰려들었다. 스페인계는 처음부터 많았고 독일, 아일랜드, 영국, 유고슬라비아, 프랑스계가 많이 모여들었다. 스페인계가 절대적으로 많아 국민의 80% 정도를 차지하며, 여러 국적의 사람들이 워낙 섞여서 계파 사이에 갈등은 없다고 한다. 인도와 중국을 포함한 아시아계는 소수이며 그중에서도 중국계는 칠레의 북쪽에 많다.

산티아고 남쪽 677km에 있는 테무코에 주로 사는 마푸체 인디오의 자부심은 대단하다(순수한 원주민 5만 명과 원주민의 피가 많이 섞인 20만 명 정도가 그 도시에서 산다고 한다). 지금도 그들은 칠레 국경일에 울긋불긋한 전통 복장을 하고 기념식장에 참석한다. 그러나 아무리 칠레 정부한테 인정을 받았어도 소수민족인 그들에겐 마음에 들지 않는 게 있을 것이다. 그 때문인지 가끔 칠레 TV를 보면 그들이 길을 막거나 불을 질러서 문제를 일으키는 장면을 볼 수 있다. 서로 다른 문화가 충돌하는 것은 어떻게 보면 당연한 일일 것이다.

산티아고나 푼타아레나스에서는 원주민의 피가 흐르는 사람들이 노점을 많이 하는 것으로 보아 그들이 교육을 받지 못해 생활이 여유롭지 않다고 생각된다. 그래도 그들은 지휘자를 중심으로 뭉쳤기 때문에 유럽인들과 500년 넘게 싸워서 남북아메리카를 통틀어 유일하게 살아남았다.

✈ 산티아고를 비롯하여 남아메리카에 있는 도시에는 위인들의 동상이 많다. 사진은 칠레가 1870년대 페루와 볼리비아 연합군에게 대승하여 북쪽의 땅을 뺏는데 큰 이바지를 한 칠레 해군의 영웅 아르트로 프랏의 동상이다.
ⓒ 로드리고 프레야(Rodrigo Prellar)

덧붙이면 볼리비아는 1870년대에 페루와 연합을 맺어 칠레를 상대한 태평양전쟁에 지면서 바다로 나가는 길이 없어졌다. 1980년대 말 바다로 나가는 길과 항구를 빌려달라고 칠레에게 사정했지만 칠레 군사정부는 "아직은 때가 되지 않았다."고 한마디로 거절했다. 2005년은 칠레와 볼리비아가 평화조약을 맺은 지 100년이 되는 해였지만 큰 진전이 없었던 것으로 보인다. 2012년도 마찬가지여서 12월 27일 볼리비아 가르시아 리네르 부통령은 "칠레는 태평양 출구를 확보하려는 볼리비아의 열망을 무시하고 있다."며 "칠레는 중남미의 불량소년"이라고 말했다. 그는 두 나라의 국경분쟁을 해소할 협상을 촉구했다지만 이런 말이 칠레 국민의 감정을 건드릴까 두렵기도 하다.

칠레 최고의 환율

우리나라에서 칠레 돈을 구하기는 쉽지 않으므로 누구나 미화를 칠레 돈으로 바꿀 것이다. 하지만 먼저 알아두어야 할 것들이 있다. 첫째, 칠레를 비롯한 남아메리카에서 환전상은 개인 사업이어서 환율이 환전상마다 다르다는 점이다. 둘째, 산티아고 공항에 내려 맨 처음 만나는 환전상은 바깥에 있는 환전상보다 비싸다는 점이다. 이 환전상은 칠레로 온 사람들이 가장 먼저 만나는 환전상으로 다른 환전상보다 가깝다는 이점을 최대로 이용한다. 칠레 물정을 잘 모르는 외국인들은 당하기 쉽다. 그러니 꼭 그 환전상에서 환전할 필요는 없다. 환전상은 시내에도 있고 웬만한 호텔에서도 환전을 한다.

혹시 산티아고 시내에서 환전상 근처에 가면, 칠레의 젊은이들이 좋은 환전상을 소개하겠다며 끌어당기는 수도 있다. 그렇다고 그들이 나쁜 사람들은 아니다. 그들은 사례로 100페소짜리 동전 1~2개를 달라고 했고, 부담감 없이 주었던 적이 있다. 그러나 그 청년들이 환전상과 동업을 한다는 말을 들었다. 그럴 수 있을 것이다.

우리가 가끔 쓰는 여행자수표는 우리나라에서 살 때는 현금보다 싸고, 팔 때는 비싸서 우리로서는 유리하다. 환율은 잘 알다시피 매일 달라지며 현금은 여행자수표보다 비싸고 그 차액도 변한다. 예를 들면, 2009년 1월 현금 미화 1달러는 615페소이며 여행자수표는 550페소였다(이렇게 큰 차이를 본 적이 없다!). 그러나 칠레에서는 여행자수표를 쓰기 쉽지 않다. 간혹 여권과 수표의 서명이 다르

✈ 기념으로 칠레의 화폐들을 갖고 있다.
ⓒ 극지연구소 안인영

다며 환전을 거절하기 때문이다. 만일 여행자수표를 가져왔다면 환전상보다는 칠레국영은행인 '방코에스타도'에서 바꾸는 것이 수수료도 싸고 환율이 높아 훨씬 유리하다. 다만 여권이 필요하고 환전 수속에 시간이 걸린다. 반면 '칠레은행'으로 번역되는 '방코 데 칠레'는 사설 은행으로 건당 미화 20달러의 수수료를 뗀다. 적은 수수료가 아니다. 은행은 대개 오전 9시부터 오후 2시까지만 문을 연다.

환율을 가장 잘 쳐주는 환전상을 찾기는 어렵다. 그러므로 칠레에 오래 머문다면 단골 환전상을 만드는 것도 한 방법이다. 예전에 칠레에 1년 있었을 때, 단골 환전상은 나에게 '칠레 최고의 환율'로 쳐준다며 미화를 샀다. 대부분의 칠레 사람들은 정직하므로 그가 거짓말을 했다고는 생각하지 않는다.

칠레의 가게에서는 미국 돈을 받는 수가 많다. 그때의 환율을 적당히 적용해 물건 값으로 달러를 받는 것이다. 그러나 가게에 따라서는 환율을 제대로 적용하지 않는다. 예를 들면 환전소에서는 1달러에 528페소를 바꾸어주는데, 가게에서는 1달러에 505페소나 500페소로 계산하는 식이다(이런 것은 술집에서 아주 심하다!). 그 차이가 적은 것 같아도 그렇지 않다. 또 그렇게 지불한 돈은 얼마 되지 않더라도 이상하게 아주 아깝게 생각되는 경험을 했으리라 믿는다. 그러니 좀 귀찮더라도 미리 환전을 하는 것이 낫다. 아니면 환율을 확실히 알아서 환율의 차이에 따른 손해를 보지 말아야 한다. 칠레 사람들은 물건 값 단위에 $를 쓴다. 그러나 이는 미국 달러 표시가 아니라 칠레 페소의 표시이다.

맛있다, 마시다

최근 칠레의 경제가 가파르게 성장하면서 물가가 비싸졌다. 몇 년 전만 해도 외국 사람들이 칠레에 왔다가 며칠 동안만 아르헨티나로 구경을 간다고 했다. 그러나 지금은 반대가 되어 주로 아르헨티나에 머물면서 며칠만 칠레로 온다고 걱정하는 말을 들었다. 상당히 정확한 말이라고 생각된다. 실제 칠레의 음식 값이 빠르게 비싸진다는 기분이 들었다. 값도 오르지만 질도 조금씩 떨어진다.

남아메리카에서 유럽계의 비율이 29%로 가장 높은 칠레의 사람들은 아주 착하고 친절하다. 그들은 남자고 여자고 담배를 많이 피우고, 코카콜라와 아이스크림을 좋아하고, 뚱뚱하다. 흔히 칠레를 두고 3W, 즉 날씨Weather가 좋고, 포도주Wine가 맛있고, 여자Women가 아름답다고 한다.

> 왼쪽은 저자가 1년 동안 묵었던 하숙집 건물의 여주인과 딸,
> 오른쪽은 그곳에서 일하던 마리아 이네스이다.
> 얼굴이 거무스름하고 퉁퉁한 마리아는 원주민 혼혈인의 후손이다.

산티아고는 흐린 날이 거의 없으니 날씨도 좋다. 당연히 포도주도 좋다. 포도주는 흰 포도주보다는 붉은 포도주가 제맛이다. 흰 포도주는 담백하고 깔끔해서 포도주를 처음 마시는 사람들이 좋아한다. 그러나 포도주의 참된 맛은 붉은 포도주의 텁텁한 맛에 있다. 대부분의 붉은 포도주가 흰 포도주보다 알코올의 도수가 높다.

포도주를 증류한 피스코에 레몬즙을 탄, 부연 술인 '피스코 사워'는 칠레를 대표하는 술 가운데 하나이다. 칠레를 알고 싶으면 이 술을 반드시 마셔야 한다. 술을 마실 줄 모르는 사람이라도 달콤하면서 이국의 맛이 나는 이 술은 좋아하리라 믿는다. 그러나 알콜 도수가 30도에서 43도 이상인 이 술은 상당히 독하므로 조심해야 한다.

피스코는 포도주를 증류한 투명한 술이며, 피스코 자체보다는 레몬과 달걀의 흰자를 조금 섞은 부연 피스코 사워가 우리의 입에 더 맞는다. 피스코에 코카콜라를 섞은 피스콜라도 마실 만하다. 한편 페루 사람들은 이 피스코가 칠레의 술이 아니라 페루의 술이라고 주장한다. 실제 페루의 수도인 리마의 남동쪽으로 피스코라는 이름의 상당히 큰 도시와 강이 있기 때문이다.

칠레에는 우리나라의 식혜와 수정과를 섞은 것과 비슷한 음료

자주 피스코 사워의 맛이 그립다.

✈ 모테 콘 우에시조를 마시며
향수를 달랬던 기억이 있다.

가 있다. 바로 '모테 콘 우에시조'로 삶은 옥수수와 말린 복숭아를
발효시켜 만든다. 달콤한 것이 우리나라의 식혜 맛이 난다. 허름한
리어카에 싣고 다니면서 파는 이 음료는 우리나라의 식혜와 수정과
와 재료는 달라도 원리는 같다고 생각된다. 칠레의 전통 음료라는
점을 보아 칠레의 원주민인 마푸체 인디오의 음료라 생각된다.

칠레 사람의 말로는 칠레의 수돗물이 깨끗해 그 물을 그냥 마셔
도 괜찮고 한다. 그러나 언제부터인가 관광 온 미국 사람들이 상점
에서 물을 찾았고, 칠레 사람들이 물을 팔기 시작했다. 미국 사람들
은 칠레가 선진국이 아니므로 칠레의 물이 덜 깨끗하다고 생각한 것
으로 보인다.

그러나 혹시 물을 갈아 마셔 배탈이 날 염려가 있다고 생각되면
미리 정로환 같은 지사제를 준비하는 것도 좋을 것이다. 노일전쟁때
개발된 정로환은 세균성 설사에 아주 좋은 지사제이다. 만약 세균성
설사가 아니라면 칠레에서 의사의 처방 없이 살 수 있는 디아렌Diarem
이라는 지사제도 아주 좋다.

✈ 칠레에서 지낸 1년 동안 모은 병원, 약국,
마트, 사진관 등의 영수증의 일부이다.
가운데는 의사의 처방전이다.

칠레 사회는 아주 정직해서 물건을 사면 영수증을 주는 것이 생활화되었다. 혹시 샀던 물건을 바꾸려면 반드시 영수증이 있어야 한다. 그런 점에서 영수증은 단순한 종잇조각이나 쪽지가 아니다. 칠레에 있는 1년 동안 영수증을 다 모으지는 못했지만 남아있는 영수증을 보면 그 물건을 샀던 때의 장면이 떠올라 가끔 미소를 머금게 한다.

복잡하고 시끄럽고 빠르고 아름다운

현재 인구가 600만 명 정도인 산티아고는 생 자고와 마찬가지로 야고보 성인을 뜻한다. 천주교의 선교와 보호에 힘을 쏟았던 나라의 사람이 세운 도시답다. 지금도 칠레 국민의 90%가 넘는 사람들이 천주교를 믿는다.

산티아고의 동쪽은 안데스 산맥으로 겨울에는 눈으로 허옇게 덮인 풍경이 우리나라에서는 보기 힘든 광경으로 아주 아름답다. 산티아고는 상당히 건조하며 한겨울에도 영하로 잘 내려가지 않아 살기 좋다.

칠레에서는 봄이나 초여름에 눈이 갑자기 녹으면서 홍수가 나기도 한다. 또 산골짜기 계곡물이 저녁에는 세차게 흘러도 새벽에는 상당히 고요하다고 한다. 이런 점은 우리나라에서는 상상이 되지 않는다. 산티아고를 가로지르는 마포초 강^{Rio Mapocho}은 여름에는 안데스

⊱ 멀리 흰 눈이 덮인 안데스 산맥이 보인다.

산맥에서 눈이 녹아 갈색의 흙탕물이 세차게 흐른다.

산티아고를 비롯해 칠레에서는 동상을 많이 볼 수 있다. 그 동상을 보면 그 동상의 주인공이 어떻게 죽었는가를 알 수 있다. 말이 땅에서 뛰어오르듯이 발들이 공중에 뜬 동상의 주인공은 전사했다. 반면 말이 네 발을 땅에 대고 서있는 동상의 주인공은 집에서 편안하게 죽었다.

칠레는 오후 1시부터 3시까지 점심시간이며 이 시간에 대부분의 개인 가게는 문을 닫는다. 저녁 식사는 보통 8시부터 시작한다. 그러나 산티아고처럼 관광객이 많은 도시의 중심가와 관광 시즌에는 그렇지 않아 상당수의 가게가 문을 연다. 또 거리에 따라서는 일요일에 벼룩시장이 열려 옛날 풍물을 볼 수 있는 좋은 기회가 된다. 물건 값이 비싸지 않아 자그마한 기념품을 준비하기에도 좋다.

산티아고 시내 중심의 아르마스 광장은 여름날 저녁에는 사람들이 북적거려 구경만 해도 재미있고 즐겁다. 길거리 화가는 크지 않은 돈으로 초상화를 그려주고 젊은이들은 춤을 추고 재주를 부린다. 꼭 큰돈을 주지 않고 100페소짜리 동전 1~2개만 주어도 고마워한다. 광장 주변에는 콜럼버스가 오기 전의 박물관도 있고 상가도 많고 음식점도 많고 걸인도 있다. 아이를 안고 "이 아이의 우유 값을 주고 나를 가져라."고 말하는 젊은 엄마도 있다.

산티아고도 대도시인지라 시내 중심가는 복잡하고 시끄럽고 공기도 나쁘고 교통도 혼잡하다. 반면 시 외곽 지역인 동쪽의 라스 콘데스 지역은 아주 고급스럽고 깨끗하고 한산하다.

✈ 아르마스 광장에서 구입한 엽서에 칠레의 맛과 문화가 담겨 있다.

✈ 인구 600만 명의 산티아고 시내는 그렇게 붐비지 않아
　　　시내 한가운데에도 한가로운 카페가 있다.

산티아고에서는 낮과 밤 시내 관광을 포함하여 어디든지 갈 수 있고 볼 수 있다. 유명한 포도주를 만드는 곳을 찾아볼 수도 있고, 취향에 따라서는 대자연을 찾아가거나 혼자 트레킹을 할 수도 있다. 칠레와 아르헨티나의 국경인 안데스 산맥의 능선을 올라가는 것은 여행사와 말을 잘 해서 칠레 사람의 안내를 받으면 될 것이다.

산티아고는 분지에 건설돼, 공기가 잘 순환되지 않기 때문에 공기가 심하게 오염되어 있다. 그런 현상이 겨울에 더 심해서 도시는 두꺼운 갈색 연무에 덮인다. 그러므로 겨울에는 경우에 따라서 차량 10대 가운데 최고 4대를 운행하지 못하도록 한다. 운행을 하지 못하는 차량 번호를 일일이 그 전날 뉴스 시간에 공지한다. 여름은 그래도 낮지만 공기가 좋지 않기는 마찬가지이다.

1541년에 건설된 산티아고는 남아메리카의 다른 큰 도시들처럼 바둑판처럼 설계된 도시이다. 그러므로 방향을 잘 잡아야 헤매지 않는다. 아주 큰길은 양쪽 방향으로 통행할 수 있지만 대부분의 길은 일방통행이다. 나아가 군데군데 공원이 있어 쉬기에 좋다.

산티아고에 지하철이 몇 년 전에 생기면서 교통 체증이 많이 줄었다고 한다. 우리나라 지하철처럼 자세하고 친절하지는 않지만 그래도 산티아고 시내에서는 버스나 택시보다는 지하철을 권한다. 정신만 잘 차리면 지하철이 제일 빠르고 안전하기 때문이다. 역의 이름이 역의 벽에 크게 쓰여 있어 잘 보면 내릴 역을 지나치지 않는다. 지하철 표를 파는 창구에서 노선도인 마파 데 메트로^{Mapa de Metro}를 얻으면 역과 방향을 쉽게 알 수 있어 아주 편리하다. 또 우리나라에

✈ 바둑판처럼 설계된 도시인 산티아고의 큰길에는 군데군데 공원이 있다.

는 없는 왕복권인 '비에트 데 이르 이 부엘타^Bille de Ir y Vuelta' 가 있어서 그렇지 않아도 싼 지하철이 더 싸다. 그러나 왕복권은 내렸던 역에서 타야 하고 3시간 안에 타라는 시간제한이 있다. 산티아고의 지하철을 보면 우리나라의 지하철이 얼마나 좋은지 알게 될 것이다. 그런 점에서는 우리나라 지하철이 세계 최고이다!

삶의 한 부분을 사다

산티아고 시내의 한가운데이며 '루시아 성녀'를 뜻하는 언덕인 산타 루시아 공원의 맞은편에는 민속공예품 시장(Centro artesanal,

Alameda 510번지)이 있다. 작은 가게들이 모인 이 시장에서는 오래 된 엽서와 카드와 우표에 중고 책까지 팔지 않는 게 없다. 옛날 그림에 지도에 흑백사진에 물감을 입힌 원시형 컬러 엽서도 있다. 아주 오래 된 열쇠에 문고리에 자동차 번호판에 도저히 팔릴 것 같지 않은 고물들도 판다. 여기에서는 잘 하면 100년이 넘은 책도 살 수 있다. 문신 가게도 있고 좋은 냄새가 나는 향과 구리 조각품들도 판

✈ 산티아고 시내의 산타루시아 민속품 시장은
물건의 종류가 어느 민속시장보다 다양하다.

다. 문신 가게에서는 '위생, 식물성 물감 사용, 절대 안전'이라고 광고도 한다.

마릴린 먼로나 체 게바라와 비틀스와 헤비메탈의 사진이 있는 이 시장에서는 물건을 사지 않고 구경만 해도 시간을 한참 보낼 수 있다. 마릴린 먼로의 사진 대부분은 웃는 사진인데, 언제인가 아주 심각한 표정에 사인이 들어간 큼직한 그림을 그 시장에서 사다가 사무실에 걸어둔 적이 있었다. 그러나 언제인가 없어졌다. 아마도 내가 칠레 남극연구소로 연가를 갔고 다른 사람이 방을 쓰면서 짐을 옮기다 없어졌다고 생각된다.

그 시장에 있는 단골 가게에서 샀던 중고『로빈슨 크루소』는 한글로 번역해서 2012년 발행되었다. 그러나 출판사가 실수로 그 책을 잃어버렸다. 두 페이지 크기의 컬러 그림이 앞뒤 속표지에 있는 책 자체를 분실한 것도 안타깝지만, 산티아고의 그 시장과 그 가게의 추억을 떠올릴 물건이 없어진 것이야말로 정말 안타깝다. 위에서

LIBRERIA RAPA-NUI
LIBROS CHILENOS Y
EXTRANJEROS ANTIGUOS
FOTOGRAFIAS
POSTALES Y
ANTIGUEDADES
Teresa de Jesús Cornejo
Roberto Avila Rodríguez

CENTRO ARTESANAL
STA. LUCIA
ALAMEDA 510 - LOCAL 119
METRO SANTA LUCIA

FONO: 3801208
SANTIAGO
CHILE

 단골이었던 '라파누이' 책방의 명함이다. 가운데에 있 이탤릭체의 글은 가게 주인인 부인 테레사와 남편 로베르토의 이름이다.

말한 마릴린 먼로의 사진도 마찬가지이다. 그 책과 그 사진은 단순한 책과 사진이 아니었기 때문이다. 삶의 한 부분을 차지하는 사진과 책이었다.

머나먼 땅에서 만난 우리글과 사람

산티아고에 있는 2,400명 정도 되는 교민들은 주로 산티아고를 가로지르는 마포초 강 건너에 있는 동네에서 사업을 한다(칠레에 있는 우리 교민의 대부분은 산티아고에 있으며 지방에는 한두 가구만 있다). 시내인 산 안토니오^{San Antonio} 가를 따라 북쪽으로 쭉 직진해서 공원을 지나고 마포초 강의 다리를 건너서 오른쪽으로 세 번째 골목인 베요^{Bello} 가에 들어서면 한글 간판들이 보인다.

이 거리의 326번지인 아씨 마켓의 주인은 칠레에서 40년 넘게 살면서 크게 성공했다. 아씨 마켓에서는 야생 장미의 꽃씨에서 짠 기름인 로사 모스케타를 상당히 싸게 살 수 있었다. 이 기름은 한때 주

ASSIMARKET
SUPERMERCADO

ANTONIA LOPEZ DE BELLO 326
FONOS: 777 5254 - 737 8161
FAX: 732 1408 - SANTIAGO, CHILE
E-mail: assimarket326@yahoo.co.kr

한글과 영어를 같아 보이게 만든 디자인이 감탄을 부른다.

름살을 없앤다고 해서 우리나라에서 아주 인기가 있었고 비쌌던 일종의 화장품이다. 이 화장품은 우리나라에서는 장미나무 뿌리의 기름으로 알려졌지만 사실은 장미 꽃씨의 기름이다. 야생 장미는 찔레꽃을 생각하면 된다. 그러나 칠레 야생 장미는, 우리나라의 찔레꽃과는 달리 꽃이 흰 색이 아니라 붉은색이다. 화상에도 특효가 있는 이 기름을 썼던 남아메리카 원주민들은 아주 젊게 보였다고 한다.

이 거리에는 한식집도 있다. 한식이 외국에서는 싸지 않아서 소박하게 먹어도 한 사람당 적어도 30~40달러 정도는 잡아야 한다. 그래도 칠레에서 먹는 된장찌개는 새로운 된장찌개일 것이다. 기억할 것은 한식점에서도 봉사료를 내야 한다는 것이다. 그렇지 않으면 반갑지 않다는 말을 듣는다.

✈ 칠레의 야생화. 꽃의 아름다움은 어느 나라든 같다.

산티아고는 아주 큰 도시여서 우리나라 사람이 운영하는 여행사들도 있다. 그런 곳을 접촉하면 보통 호텔보다 현저히 싼 아파트 호텔도 소개해줄 것이다. 아파트 호텔이란 돈이 있는 사람들이 주인으로 방이 1개가 아니라 2~3개인 아파트를 상당히 싼 값에 호텔처럼 빌려주는 곳으로 취사 시설과 TV가 있어 묵는데 하나도 불편하지 않다. 일행이 많고 오래 묵는다면 부담이 아주 적어질 것이다.

Shall We Dance?

산티아고에 있는 민속 식당인 '로스 아도베스 델 알고메도Los adobes del Argomedo'는 '알고메도의 진흙집'이라는 뜻으로, 분위기가 아주 좋다. 아도베스는 긴 풀을 섞어 만든 흙벽돌이나 그런 벽돌로 지은 집을 말한다. 산티아고를 오가면서 몇 번 찾아갔던 이름이 어려운 이 식당에서는 석상으로 유명한 칠레 영토인 이스터 섬의 춤을 추며 무희나 남자 댄서들이 무대에서 내려와 손님들에게 함께 춤을 추자고 권한다. 그런 사람들과 춤을 추어도 좋고 아니면 손님끼리 춤을 추어도 된다. 물론 아름다운 아가씨들과 기념사진도 찍을 수 있다.

2003년 1월에 갔던 '로스 부에노스 무차초스Los buenos Muchachos' 또한 기억에 남는다. '착한 소년들'이라는 뜻의 이 음식점은 로스 아도베스 델 알고메도보다 훨씬 크다. 또 단순히 춤만 추는 게 아니라 쇼도 함께 해서 로스 아도베스 델 알고메도보다 재미도 있다. 물론 이 음식점에서도 무대에 출연했던 남자와 여자가 내려와 손님에게 춤을 출 것을 권한다.

🛩 산티아고의 이름이 어려운 음식점에서 신나는 춤과
함께 먹는 음식의 맛 또한 일품이다.

두 음식점 모두 외국인들이 많아서 사회를 보는 사람이 나라의
이름을 불러주고 그 나라말로 인사도 하며, 그 나라 음악까지 잠깐
동안 연주한다. 로스 부에노스 무차초스에서는 식탁에 국기도 놓아
준다. 이 두 음식점에서 춤을 추고 쇼를 한다고 해서 음식이나 술이
특별히 비싸지도 않다. 음식도 쇠고기 요리나 생선 요리까지 다 있
다. 맛있게 먹고 기분 좋게 마시고 팁까지 주어도 40~50달러 정도

남미의 거의 모든 도시에서는 춤추며
식사하는 문화를 즐길 수 있다.

좋은 포도주와 음악이
음식의 맛을 돋운다.

면 모자라지 않을 것이다. 이 음식점들은 칠레의 음식과 문화를 알고 싶고 아름다운 아가씨와 춤을 추고 싶은 사람들에게는 아주 좋은 집들이다. 그러므로 산티아고에 올 일이 있으면 남녀 불문, 연령 불문, 취향 불문하고 여기를 빼어놓아서는 절대 안 된다. 이국의 사람들과 춤과 분위기가 오래 기억에 남으리라고 확신한다.

칠레에도 해물탕이 있다

우리나라의 인천에 해당하는 산티아고의 외항인 발파라이소는 위도가 남위 33° 정도이다. 산티아고는 아주 건조하지만 바닷바람이 시원한 발파라이소에는 푸른 숲도 있고 경치가 좋아서 어떻게 이렇게 더운 곳에 아주 가까이 울창한 숲이 있나 놀랄 정도로 상쾌하고 아름다운 곳이다. 발파라이소는 오늘날 칠레 최대의 항구이자 제2의 도시로 인구가 100만 명 정도이다.

산티아고에서 발파라이소로 가는 길에 과일을 파는 가게들을 만나게 된다. 칠레의 태양은 아주 뜨거워 수박과 멜론과 포도를 포함한 모든 과일이 맛있다. 혹시 시간이 있다면 자동차를 세워놓고 과일을 맛보기를 강력히 추천한다.

시간이 더 있다면 차를 세우고 유칼리 나뭇잎의 냄새를 맡아도 좋을 것이다. 키가 아주 큰 유칼리나무는 오스트레일리아가 원산지이지만 칠레에서도 아주 잘 큰다. 잎을 비벼 코에 대면 아주 향긋한 냄새가 진동한다

우리나라의 인천에 해당되는 발파라이소 옆에는 우리나라 가수 정훈희 씨가 국제 가요 대회에서 '무인도'를 불러 입상한 '비냐 델 마르^{Viña del Mar}'가 있다. 노래를 불렀던 야외극장은 작아도 '바닷가 포도밭'이라는 이름에 걸맞게 비냐 델 마르는 칠레 최고의 휴양지 가운데 한 곳으로, 아주 깨끗한 시가지에 고급 카지노와 호텔들이 있다.

비냐 델 마르 앞의 바닷물은 새파랗고 깨끗하지만 너무 차가워 들어가기가 쉽지 않다. 그 물은 남쪽에서 올라오는 찬 훔볼트해류이기 때문이다.

발파라이소에는 우리 바닷가처럼 싱싱한 해물 요리가 많다. 회는 먹지 않는 칠레 사람들이지만 일본 스시가 워낙 유명해져 스시와 회

파일라 마리나라고 하는
칠레의 이 해물탕은 아주 맛있다.

도 팔고 있다. 어느 나라나 비슷한 현상이지만 칠레에서도 일본 음식은 비싸다.

발파라이소에서는 칠레 해물탕을 먹어도 좋을 것이다. 재료는 모두 아주 차고 깨끗한 칠레 바다에서 갓 잡은 것들이다. 다만 양념이 우리 입맛에 덜 맞을 수 있지만, 고춧가루도 있고 칠레 고추장도 있어서 조금만 신경을 쓰면 훌륭하게 입맛을 맞출 수 있다.

그 어떤 아름다움도

칠레와 아르헨티나 사이에는 안데스 산맥이 버티고 있다. 남아메리카 대륙의 서쪽을 따르는 안데스 산맥은 길이 8,850㎞로 세계에서 가장 긴 산맥이다.

안데스 산맥이 북쪽에서는 아주 높지만 칠레 중부지방에서는 많이 낮아져 겨울에도 버스를 타고 오갈 수가 있다. 아르헨티나로 출장을 갔다가 버스로 안데스 산맥을 넘어 칠레에서 비행기를 타고 귀

안데스 산맥의 아름다움은 자연의 위대함 자체이다.

국한 적이 있었다. 그때가 남반구의 겨울이긴 했지만 고개가 높지 않아 버스가 넘어왔다. 버스에서 내려 눈을 밟으면서 구경한 주위의 경치는 대단했다. 흰 눈과 검은 바위와 짙푸른 나무와 호수가 어우러져 절경을 만들었다. 아르헨티나의 출입국 사무실은 과거 잘 살았을 때의 유산인지 아주 넓고 컸지만 칠레의 사무실은 그렇지 못했다. 사무실이야 어떻든 안데스 산맥을 나누어 가진 그들은 행운아이다. 두 나라 사이에 천연의 국경이 된다.

덧붙이면 칠레의 기후는 크게 세 부분으로 나눌 수 있다. 북쪽 끝(남위 17°)부터 산티아고의 북쪽 300㎞ 정도까지인 남위 31°까지는 아타카마 사막과 안데스 산맥 고산지대이다. 그 남쪽부터 콘셉시온 시가 있는 남위 37°까지는 지중해성 기후로 상당히 건조하다. 남위 37°부터 케이프 혼까지는 삼림지대로 겨울에 눈이 내린다.

Argentina

안데스를 품다
아르헨티나Argentima

은의 길

아르헨티나의 라플라타 강은 파라나 강과 우루과이 강이 만나서 흘러내리는 강으로 물은 진흙이 섞여서 초콜릿 색깔로 보이며 넓이는 경상남도의 3배 정도인 35,000㎢이다.

'라플라타'는 스페인어로 '은'이라는 뜻이다. '아르헨티나'도 라틴어로 '하얗고 반짝거리는', 즉 '은'이라는 뜻의 '아르젠툼'에서 나왔다. 1526년부터 1529년까지 파라나 강과 파라과이 강을 발견한 탐험가 카보트가 아르헨티나에 은이 많다는 보고서를 본국에 보내면서 '라플라타'와 '아르헨티나'라는 이름이 나온 것으로 생각된다.

✈ 은이 있는 길로 안내하는 라플라타 강.

라플라타 강을 발견한 스페인의 항해가 후안 데 솔리스는 1516년 강의 입구에 와서 그 규모를 보고 처음에는 바다라고 생각했다. 물맛을 보고 짜지 않다는 것을 확인한 후에는 거대한 하구라 생각하고 더 올라가지 않았다. 하지만 솔리스와 몇몇 선원들은 그 거대한 물줄기의 끝에 은이 있을 것으로 예상하고 상륙했다가 다른 선원들이 배에서 빤히 보는 가운데 식인 풍습이 있는 원주민들에게 잡혀 먹혔다. 솔리스는 포로로 잡혀 있다가 죽은 것으로 알려진다.

솔리스의 참사 이후 다시 라플라타 강을 찾은 사람은 우리 모두가 알고 있는 마젤란이다. 1520년 1월 라플라타 강을 찾아온 마젤란은 그 강이 태평양으로 나가는 해협이라고 상상했다. 그러면서 그는 과거 그의 동료들이 식인 원주민에게 잡아먹힌 것을 알고 육지로 보트를 몇 척이나 보냈다. 그러나 원주민들은 과거와는 다른 태도를 보였고 밤에는 추장이 배에 방문하기까지 했다.

하지만 다시 오겠다 약속한 추장이 돌아오지 않자 마젤란은 공격에 대비한 채 수심을 재고 물맛과 유속을 보면서 해협 여부만 조사했다. 해협이라는 의견이 있었으나 마젤란은 그렇지 않다고 판단했다. 이후 라플라타 강을 떠난 마젤란이 발견한 진짜 해협의 이야기는 뒤에 하기로 하자.

뺏으려는 자, 지키려는 자

탐험가들의 답사를 토대로 스페인 사람들이 본격적으로 아르헨티나에 상륙한 것은 1537년이었다. 현재 아르헨티나의 수도인 부에노스아이레스가 그곳이다. 부에노스아이레스는 스페인어로 '좋은 공기'란 뜻이다. 부에노스아이레스에 처음 도착한 스페인 정복자들은 맑은 공기에 감명을 받은 것으로 보인다. 그들은 먼저 원주민에 대항할 마을을 만들었다. 집을 짓고 토담으로 마을의 울타리를 만들었으며 군데군데 대포를 거치했다. 마을은 주거지역과 창고로 생각되는 건물들이 상당히 많았으며 주거 건물은 2~3층이었다.

개척자들은 당연히 원주민과 충돌했다. 숫자는 적었지만 총과 칼과 말이 있어 무력에서도 밀리지 않았다. 당시 그 부근에는 3,000명 정도 되는 당시로 보자면 아주 큰 부족들이 10부족 넘게 있었다. 인디오들은 몇 겹의 말뚝으로 보호된 마을에서 살았다.

그 부족 가운데 한 부족인 케란디스 인디오와 스페인 사람들 사이의 1541년 전투 장면을 보면 원주민들은 옷을 입지 않았고, 대오를 정리해서 정복자들을 공격했으며, 지휘관은 먼 언덕 위에서 신호

케란디스 인디오들이 잘 훈련된
전사들이었다는 사실을 알 수 있다.

나 나팔로 전투를 지휘했다. 그들의 주요한 무기는 활과 긴 창이었다. 활로는 사람도 쏘았지만 불을 붙여 정복자들의 집과 배를 태우기도 했다. 한편 믿기 힘든 사실이지만 그림을 보면 당시 스페인 사람들은 먹을 것이 없었던지 사람의 고기를 먹었던 것으로 보인다.

위의 싸움에서 져 당시 개척 중인 파라과이의 아순시온으로 쫓겨갔던 스페인 사람들은 40년 후에 돌아왔다. 뺏으려는 자와 지키려는 자의 전쟁이 다시 시작된 것이다.

인디오들의 주요 무기는 오랫동안 활이었지만 말을 타기 시작하면서 추조와 볼라를 쓰기 시작했다. 추조는 대나무로 만든 긴 창이며 볼라는 주먹 크기의 돌 2~3개를 쇠가죽 끈으로 묶은 것이다. 볼라를 머리 위에서 돌리다가 목표에 던지면 체인처럼 공중을 날아가 목표물에 감겨서 목표물을 쓰러뜨린다. 이 무기로 사람을 공격하고 퓨마와 말과 소와 타조를 잡는다.

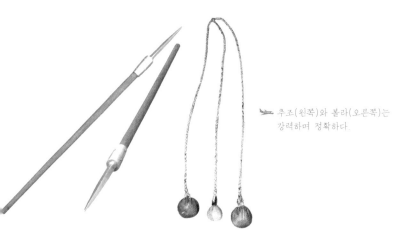

추조(왼쪽)와 볼라(오른쪽)는 강력하며 정확하다.

한때 체격이 크고 점잖으며 용맹했던 남부아르헨티나의 테우엘체 인디오들은 멸종되었고 지금은 혼혈로 살아남은 후손들이 그 지역에서 양들을 돌보는 가난한 목동으로 명맥을 유지하고 있다. 그들이 멸종된 이유는 백인들에게 죽음을 당했거나 자기네 부족끼리 싸웠거나 홍역이나 독감 같은 질병에 걸렸기 때문이다. 이런 것들로 인해 종족의 지휘자가 없어진 인디오들은 가족끼리 또는 수십 명 씩 무리를 지어 다니면서 쉽게 최후를 맞이했다. 동물이나 인간이나 지휘자가 있어야 세력도 커지고 외부의 공격에도 잘 견디는 법이다.

해선 안 될 농담

아르헨티나는 1816년 스페인한테서 독립한 뒤에도 정권 다툼이 이어져 한동안 불안했다. 19세기 초반에는 로사스 장군이 아르헨티나 독재자로서 권력을 장악하고 공포정치를 실시하여 많은 사상자를 냈다. 하지만 독재자의 정해진 결말대로 반군에 패하고 망명했다가 빈곤하게 생을 마쳤다. 그래도 지금의 아르헨티나 사람들은 그가 아르헨티나를 통일했다고 그의 공로를
인정한다.

아르헨티나 20페소 지폐에서 후안 마누엘 로사스를 볼 수 있다.

아르헨티나는 20세기 들어 산업을 일으켜 나라를 발전시키려고 했지만 뜻대로 되지 않았다. 결국 아르헨티나는 지하자원 개발과 공업 발달보다는 목축업과 농업이 발달한 나라로 남았다. 20세기 중반부터 쿠데타가 되풀이되었고 국민들의 인기에 영합한 정권이 출현했다. 그러나 부정부패로 나라의 경제는 나빠졌고 자존심은 여지없이 깨어졌다. 게다가 쿠데타로 나라가 어려워지자 정권을 쥐었던 군인들은 그 해결책을 나라 바깥에서 찾아, 1982년에는 영국과 포클랜드전쟁을 일으켰고 알다시피 참패했다.

덧붙이면 아르헨티나에서는 포클랜드전쟁을 주제로 어떤 이야기나 농담이라도 해서는 안 된다. 아르헨티나 사람들은 그 전쟁에서 진 것을 굉장한 불명예로 생각하기 때문이다.

철도가 없는 나라

안데스 산맥의 동쪽 넓은 평야를 차지한 아르헨티나는 땅이 넓어 농사를 짓고 목초가 잘 되어 소를 키우기에 아주 좋다. 게다가 땅이 기름지고 기후가 온화해서인지 사람들의 성격이 모질지 않고 춤을 추고 노는 것을 좋아하며 사납지 않다. 사람들이 고생을 싫어해서 있으면 있는 대로 없으면 없는 대로 마음 편하게 살고 싶어 하는 것으로 보인다. 아르헨티나도 개척 초기에는 원주민의 반항에 고생했으나 그 이야기는 이미 오래전의 이야기이다.

지도를 펴놓고 보면 아르헨티나에서는 두 가지가 눈에 띈다. 먼저 나라가 아주 넓다는 점이다. 실제 아르헨티나의 면적은 한반도의

12배가 넘으며 세계에서 여덟 번째로 크다. 더불어 그 넓은 땅 대부분이 평지이다. 안데스 산맥이 산이라는 것은 말할 필요가 없지만 북서쪽으로 꽤 넓은 산지를 빼고는 산다운 산은 거의 눈에 띄지 않는다.

아르헨티나는 면적에 비해 사람이 아주 적다. 그래도 옛날 아주 잘 살았을 때의 습관이 남아있어 시골에는 시립의 숙박 시설이 있다. 시설은 별로 좋지 않아도 깨끗하고 값이 싸다. 아르헨티나에서도 칠레와 마찬가지로 대부분의 경우 숙박비에 아침 식사가 포함된다. 그러나 호텔에 따라서는 아침 식사가 비스킷 몇 조각에 커피 정도로 아주 부실한 경우가 있다. 그러므로 그 전날 저녁때 물을 포함해 아침을 준비하는 것도 생각할 만하다.

땅이 아주 넓어 우리나라식의 정성스러운 농사보다는 아르헨티나식의 정성이 덜 드는 방식으로 그 넓은 땅을 경작한다. 비행기로 씨를 뿌리고 농약이나 비료도 비행기로 뿌린다. 땅이 작고 사람이 많다면 상당히 정성을 들여 수확을 많이 낼 것이다. 그러나 이곳은 그렇지 않아 적은 비용을 들이고 수확도 적게 낸다. 거둘 때는 트랙터를 쓰며 농산물을 사고 팔 때는 '콩 10톤, 7일 내 납품할 사람 연락 요함' 같은 광고가 난다.

믿기 힘들지만 국토의 대부분이 평지임에도 불구하고 아르헨티나에는 기차가 거의 없다. 철도가 부에노스아이레스를 중심으로 몇 가닥이 나갈 뿐이다. 대신 트럭이 주로 물자를 옮기며 버스들이 승객을 나른다. 정부가 트럭과 버스 운송업자의 로비에 말려 철도와

✈ 넓은 골짜기 사이로 흰눈에 덮인 안데스 산맥이 보인다.

기차를 거의 없앴기 때문이다. 그 결과 아르헨티나에서는 교통비,
곧 운반비가 아주 비싸졌다. 아르헨티나 정부가 문제를 실감하고 최
근 철도와 기차를 복구하려 한다는 말을 들었다. 기차와 트럭은 잘
알다시피 옮기는 물자의 양이 크게 다르다. 트럭이 물자 운반을 도
맡으면서 운반비가 물가의 큰 요인이 되었다. 물가가 북쪽에서 남쪽
으로 내려갈수록, 즉 부에노스아이레스에서 멀어질수록 비싸진다.
식품의 상당 부분은 북쪽에서 공급되기 때문이다.

기차가 없는 대신 버스 산업은 아주 발달되어 있다. 게다가 도시가 수백 km씩 띄엄띄엄 있어 버스는 화장실이 있는 버스가 대부분이다. 시간도 잘 지키고 과속도 하지 않는다. 또 워낙 장시간을 운행하는 버스라 승객의 안전을 위하여 운전수가 교대한다.

격렬하지만 애잔한 탱고의 도시, 부에노스아이레스

스페인 정복자들은 부에노스아이레스를 건설하다가 원주민에게 쫓겨났다. 총과 칼이 있었어도 숫자가 워낙 적었고 자기네끼리 분쟁을 일으켰기 때문이다.

그러나 정복자들은 1580년 다시 돌아왔으며 이번에는 원주민에게 밀려나지 않았다. 원주민을 어느 정도 쫓아내고 도시가 건설되자, 스페인의 부왕은 부에노스아이레스에 머물면서 아르헨티나 땅을 통치했다. 그러면서 부에노스아이레스는 남아메리카의 유서 깊은 도시가 되었다.

아르헨티나를 대표하는 춤 '탱고(스페인식 발음은 땅고)'는 아주 보기 좋다. 남자와 여자의 절제 있는 움직임과 빠른 동작, 남자의 팔에 안겨 쓰러지는 여자의 모습이 그렇게 자연스러울 수 없다.

그러므로 보기에 따라서는 탱고가 아주 즐거운 춤으로 생각되기도 한다. 하지만 실제로 탱고는 돈을 벌려고 먼 곳으로 간 남편을 기다리는 젊은 여자의 슬픔과 괴로움을 표시한 춤이다. 젊은 여자에게 가까이 오는 유혹의 손길들과 그 손길들을 뿌리치고 사랑하는 사

✈ 아르헨티나를 대표하는 춤 탱고의 아름다움은
보는 이를 매료시키기에 충분하다.

람을 기다리는 여인의 삶을 절제된 동작으로 표현한다.

탱고는 본질이 슬픈 춤이며 음악도 그에 따라 격렬하지만 애잔하
다. 2004년으로 생각되는데, 아르헨티나 전국탱고대회에서 우리나
라 여자가 우승했다. 그 방영을 쭉 지켜본 아르헨티나 여자는 "어떻
게 외국 여자가 우리 춤을 그렇게 잘 추느냐?"고 감탄했다. 그 여자
는 우승한 우리나라 여자를 보고 "젓가락처럼 말랐다."고 말했다.

깜자!

부에노스아이레스는 역사가 길고 큰 나라의 수도답게 거리가 넓
고 건물들이 반듯반듯하다. 시내에서 가장 넓은 길은 폭이 100m

는 넘을 것이다. 또 높은 오벨리스크도 있다. 1830년대만 해도 부에노스아이레스의 주민은 6만 명 정도여서 남아메리카에서는 아주 큰 도시 가운데 하나였다. 당시는 도시가 국가를 대표할 정도로 도시를 중심으로 사람들이 모여서 살았다.

부에노스아이레스에서는 고서적을 파는 큰 거리가 있다. 그런 서점에서는 천장에 닿을 정도로 책들을 쌓아놓았다. 책뿐 아니라 큰 나팔이 달린 구식 축음기를 포함하여 지금은 보기 힘든 아주 귀한 골동품들을 구할 수 있다.

잘 알겠지만 서양에서는 정찰제가 뿌리를 내려 물건을 흥정하기 쉽지 않다. 실제로 부에노스아이레스에 모여 있는 헌책방에서 책값을 상당히 깎자, 점원이 아주 불쾌한 표정을 지었다. 아마 자기는 정당한 가격을 불렀는데 손님이 너무 심하게 깎는다고 생각했던 것으로 보인다. 그래도 필요한 책이라 조금 깎고 샀다.

아르헨티나에서는 자기네 책이든 수입 서적이든 책값이 아주 싸다. 이는 칠레와는 아주 다른 현상이다. 이는 아르헨티나가 과거 아주 부유했을 때의 의식과 태도를 그대로 간직하고

✈ 부에노스아이레스에서 가장 오래된 거리인 '5월 거리'의 해질녘

있기 때문이라고 생각된다. 그러므로 혹시 아르헨티나 여행을 하다
가 마음에 드는 책이 있으면 꼭 사도록 하자. 결코 비싼 가격이 아
닐 것이다.

암벽에 그린 무지개

이구아수 폭포는 세계 3대 폭포 중 하나이니 모르는 사람이 없을 것이다. 하지만 아르헨티나에는 이구아수 폭포만 있는 게 아니다. 유네스코 세계문화유산으로 등재된 우마우카 협곡은 일곱 가지 색깔을 띤 신비한 암벽으로 유명하다. 수천만 년이라는 세월을 쌓아온 퇴적물들이 자연적으로 만들어 낸 경관은 실로 경이롭다.

사람들은 와인하면 프랑스를 떠올리곤 한다. 그래도 요즘은 칠레 와인도 유명세를 같이 하고 있지만 아르헨티나의 와인 역시 잊지 말아야 할 상품이다. 안데스 산맥 아래에 펼쳐진 멘도사는 해발 1,000m 높이에 펼쳐진 포도밭을 가진 세계적인 와인 산지이다. 관광객들을 상대로 와이너리 투어 상품을 진행하고 있으니 안데스 산맥을 바라보며 붉은 와인을 드는 것도 아름다운 추억을 만드는 데

🛬 화가가 색칠한 듯한 우마우카 협곡은 신비한 아름다움을 지녔다.

좋을 것이다.

찰스 다윈이 『비글호 항해기』에서 입에 침이 마르도록 창찬한 아르헨티나 음식이 있다. 바로 쇠가죽을 그대로 붙여 구운 쇠고기 요리인 아사도 콘 쿠엘로^Asado con cuelo 이다. 아르헨티나는 소가 워낙 많은 나라라, 아르헨티나 사람들은 비싼 쇠가죽을 아끼지 않고 그것을 사용해 쇠고기를 더욱 맛있게 먹는 방법을 알아낸 것이다. 이 특별한 음식은 아무 음식점에서나 팔지 않고 전문 음식점이 따로 있다. 한번 맛보고자 큰맘 먹고 찾아간 적이 있는데, 그 음식점에 불이 나서 못 먹은 기억이 있다. 여러분은 꼭 맛보기를 권한다.

아르헨티나에서 환전은 남아메리카의 다른 나라들과 마찬가지로 환전상에서 한다. 그러나 시골에는 환전상이 없다. 큰 슈퍼마켓이나 묵는 호텔에서 환전할 수 있다. 그런 곳에서 환전을 해도 환율이 크게 다르지 않다.

섭섭하게도 아르헨티나 경제는 크게 나아지지 않고 있다. 그러므로 부에노스아이레스처럼 큰 도시에는 분명히 나쁜 사람들도 있을 터이니 아주 조심해야 한다. 그중에서도 요즈음 누구나 메는 배낭은 정말 조심해야 한다. 그들이 배낭을 아주 잘 열기 때문이다. 또 혹시 소매치기에게 휴대전화 같은 것을 도난당하면 반드시 경찰서에 분실신고를 해서 증명서를 받아야 한다. 그렇지 않으면 우리나라에서 보상을 받지 못한다.

Punta Arenas

Magellan Strait

마젤란과 만나다

마젤란 海峽 Magellan Strait
&
푼타, 아레나스 Punta Arenas

목숨을 건 시작

마젤란 해협은 잘 알다시피 남아메리카 본토와 그 남쪽에 있는 섬 사이의 해협이다. 마젤란이 발견한 마젤란 해협은 1914년 파나마 운하가 개통되기 전까지 대서양과 태평양을 오가는 모든 배가 지나갔던 해협이다. 그 남쪽으로는 무인도들과 남아메리카 대륙의 끝인 케이프 혼이 있다.

우리 모두는 마젤란이 처음으로 세계 일주를 했다는 것을 잘 알고 있다. 그는 어떻게 세계를 일주했을까?

15세기 후반 강국이었던 스페인은 포르투갈과 경쟁하듯이 새로운 땅과 황금을 찾아 나섰다. 스페인의 젊은 왕 카를로스 5세는 포르투갈 출신인 마젤란을 지원해 새로운 탐험에 나섰다. 마젤란은 먼저 포르투갈의 왕에게 항해를 지원해달라고 요청했지만 요청이 거부되자 스페인의 왕 카를로스 5세에게 요청한 것이다. 전투를 여러 번 했던 카를로스 5세는 한쪽 다리를 절었지만 강철 같은 의지의 남자였다.

포르투갈인인 마젤란의 세계 일주 항해를 지원한 스페인의 카를로스 5세
(재위 1516~1556년)

마젤란의 지휘 아래 265명이 배 다섯 척을 나눠 타고 1519년 9월 27일 스페인 산 루카르 데 바라메다를 떠났다. 마젤란은 트리니다드 호에 타서 안토니오 호, 콘셉시온 호, 빅토리아 호, 산티아고 호를 지휘했다. 포르투갈 사람인 마젤란의 지휘를 받는 것에 각 배의 스페인 함장들은 불만이 클 수밖에 없었다.

마젤란이 스페인 왕의 지원을 받는다는 것을 안 포르투갈 왕은 마젤란에게 탐험을 지원할 테니 포르투갈로 돌아오라고 연락했다. 그러나 결과는 죽음이라는 것을 안 마젤란은 돌아가지 않았다. 마젤란이 출항하자 포르투갈 왕은 그를 체포하기 위해 선단을 파견했다.

▶ 마젤란이 대장이라는 문장과 마젤란의 서명이 기록에 남아있다.

마젤란과 라푸라푸의 사이에서

마젤란은 1520년 겨울 파타고니아 해안에서 스페인 함장들이 일으킨 폭동을 잘 진압하고 11월 27일 해협을 벗어나 태평양에 들어섰다. 북쪽으로 가면서 기온이 올라갔지만 식량이 없었고 괴혈병을 극복하지 못해, 태평양에서는 시체를 바다에 던지는 것이 일이었다고 한다. 당시의 기록을 보면 '우리가 먹은 비스킷은 빵이 아니라 비스킷을 파먹은 벌레가 섞인 가루였다. 게다가 쥐 오줌으로 절어 참을 수 없는 지독한 냄새가 났다. 우리가 마신 물도 비슷하게 더러웠다. 굶어죽지 않으려고 넓은 곳을 덮은 소가죽 조각을 먹어야했다…보통 우리는 톱밥을 먹었고 쥐까지 잡아먹었다…쥐 한 마리 값이 반 두캣(옛날 유럽에서 쓰였던 금화(은화)를 말함)이었다.'라는 부분이 있다. 그러나 그것이 전부가 아니었다. 괴혈병을 치료할 줄 몰라, '태평양을 지나는 석 달 20일 동안에 19명이 죽었고 25명이 병으로 고생했다.'고 그들의 고생과 죽음은 글로 생생하게 남았다. 그때만 해도 괴혈병의 원인을 몰랐기 때문에 항해하면서 수많은 사람들이 괴혈병으로 고생하다가 죽었다.

그래도 고요하기는 했던 그 바다를 마젤란이 '태평양'이라고 이름을 붙인 것은 우리가 잘 아는 사실이다. 엄청난 고생을 하면서도 마젤란은 1521년 3월 초에는 마리아나 군도를 지났고 중순에는 필리핀제도에 왔다.

마침내 4월 1일에는 세부 섬에 왔고, 스페인 사람들과 장사를 하려고 했던 그 섬의 왕인 우마본은 마젤란에게 굴복했다. 그러나 마젤란의 부하들이 원주민들에게 죽음을 당하자 마젤란은 원주민의 집을 불태웠다. 이어서 일주일 후 마젤란은 1521년 4월 27일 토요일 세부 섬 옆의 아주 작은 막탄 섬의 원주민 라푸라푸족에게 어이없는 죽음을 당했다. 결국 함장들과 신부와 상당수의 사관들을 포함해 세부 섬에서 모두 35명이 죽어, 탐험대의 인력이 현저히 줄었다. 그러면서 선원들이 모자라자 마젤란의 후임은 콘셉션 호를 바다에서 태워버렸다.

　필리핀 정부는 마젤란이 죽은 지점에 하얀 오벨리스크를 세워놓고, 한쪽에는 '여기에서 스페인 왕에게 충성하던 위대한 포르투갈 항해가인 페르난도 마젤란이 1521년 4월 27일 필리핀 원주민에게 죽음을 당했다.', 다른 쪽에는 '이 지점에서 라푸라푸족의 추장이 페르디난드 마젤란을 죽였고 그의 군대를 물리쳤다.'라고 써놓았다고 한다. 혹시 필리핀으로 갈 기회가 생긴다면 찾아볼 만한 곳이라 생각된다.

✈ 필리핀 막탄 쉬라인 공원에 마젤란(왼쪽)과 라푸라푸(오른쪽)의 기념비가 있다.

마젤란 탐험대의 마지막 대장인 후안 세바스찬 엘카노^{Juan Sebastian Elcano}를 포함한 18명은 1522년 9월 6일 고국으로 돌아왔다. 그리고 기록관으로 참가했던 이태리 베니스 출신인 안토니오 피가페타는 마지막까지 살아남아 탐험대의 고생을 기록했다. 그의 최초의 세계 일주 항해 기록은 1795년 우연히 이태리 밀라노에 있는 성 암브리시오 도서관의 서고에서 발견되어 1800년 이태리어로 초판이 나오면서 세상의 빛을 보았다. 저자가 죽은 지 261년 만에 원고가 없어지지 않고 발견되었다는 것이 놀라울 뿐이다.

🐟 안토니오 피가페타가 쓴 최초의 세계일주 책 초판의 흑백 표지와 후에 나온 컬러 표지의 모습이다.

마젤란이 있었다

마젤란 해협에는 푼타아레나스라는 작은 도시가 있다. 푼타아레나스는 영어로 '모래톱'이라는 뜻이며 칠레 정부가 마젤란 해협을 장악하려는 의도로 1848년 12월 16일에 건설했다. 원래는 그 자리가 아니라 지금의 자리에서 남쪽 60km에 있는 요새인 푸에르테 불네스의 자리였다. 그러나 바람이 너무 불고 비가 오지 않아 농사를 지을 수 없어 지금의 자리로 옮겨왔다.

푼타아레나스에는 명물이 몇 가지가 있다. 그 가운데 하나가 카보데 오르노스Cabo de Hornos, 영어로는 케이프 혼이라 부르는 호텔 앞 마젤란 광장이다. 정식 이름은 뮤노스 가메로 광장이지만, 마젤란의 동상이 있어서 보통 마젤란 광장이라고 부른다. 크지는 않아도 이 도시와 함께 생긴 유서 깊은 광장으로 나무와 길을 아름답게 디자인했다.

마젤란 동상의 앞면에는 이 지방 토호였던 호세 메넨데스Jose Menendez가 1920년 마젤란 해협이 발견된 400주년을 기념해, 동상을 건설해 기증했다는 사실을 기록해놓았다. 1520년과 1920년을 각각 로마숫자인 MDXX와 MCMXX로 표시했다. 또 인어가 칠레와 스페인의 문장을 받드는 모양이 청동으로 조각되어있다. 메넨데스가 스페인 출신이라 스페인의 문장이 있다고 생각된다.

동상의 오른쪽 면에는 티에라 델 푸에고Tierra del Fuego라고 적어놓고 그 아래에는 활을 쥔 남자 인디오가 앉아있는 모습을 조각했다. 티에라 델 푸에고 섬의 원주민인 그 인디오 동상의 오른발 엄지발가락은 안전한 항해를 비는 사람들이 하도 만져서 녹청색이 벗겨져

➤ 마젤란 동상은 그의 탐험을 증명하는 듯 웅장하다.

노랗게 되었다.

그 조각 아래에는 배들과 사람들이 탄 보트가 부조되어있다. 가장 먼저 들어오는 가운데 배의 머리 가운데에 대포를 닮은 물체 위는 비어있다. 보트에 탄 사람들은 상상컨대 가까운 곳으로 올라가려고 배에서 내렸을 것이다. 또 뱃머리 대포 위에 사람이 없는 것으로 보아 마젤란이 보트를 탔던 것으로 보인다. 마젤란이 대포 위에 서있다는 것이 이상하게 보이지만 맨 위의 마젤란 동상과 이 조각을 보아 그렇다고 상상된다.

동상의 뒷면에는 항해일지를 상징하는 두툼한 책을 조각해놓고, 해협에 관련된 중요한 사실들을 기록해놓았다. 동상의 남쪽 면, 곧 앞에서 보아 왼쪽 면에는 파타고니아라고 적어놓고 동물 가죽을 걸친 인디오 남자가 긴 막대기 같은 물체와 고래의 머리뼈로 보이는 것을 쥐고 앉아있다. 그 아래에 조각된 배에서 연기가 난 것으로 보아, 대포를 쏘는 장면을 조각했다고 생각된다.

어둡고 긴 겨울에 놀기

마젤란 광장에는 당연히 노점상들이 몰려있다. 노점상에서는 모두 털실로 짠 모자나 스웨터, 장갑 같은 것 또는 토산품이나 보석, 엽서나 화석들을 판다. 값이 비싸지 않지만 마음에 드는 것도 없다. 화석 가운데에는 손바닥 크기의 상어 이빨이나 호박도 있다. 또 상어 이빨이나 삼엽충을 도안한 목걸이도 있다. 돌고래 뼈나 퓨마의 두개골이나 발톱을 파는 가게도 있다. 퓨마를 보호하고 있지만 그

법이 반드시 잘 지켜지는 것은 아니다. 돌고래 두개골이나 뼈나 이빨들은 마젤란 해협 모래밭에서 주워온다.

노점들은 관광선을 포함해 푼타아레나스로 들어오는 배에 관한 상당히 정확한 정보를 가지고 있다. 관광선은 대부분 10월부터 다음 해 4월까지 들어온다. 상상컨대 항구 측에서 상인들을 위하여 정보를 주는 것으로 생각된다. 그러므로 관광객이 상륙하면 어김없이 노점들이 펼쳐진다.

🛬 푼타아레나스에서 보석을 파는 가족이다. 남편 호세는 칠레 원주민이고 부인 누리아는 아르헨티나 여자이며 아들은 엄마를 닮았다. 남편은 보석을 세공하고 영어를 잘하는 부인이 가게를 연다.

덧붙이면 푼타아레나스에서 가장 크고 좋은 책방은 공항 2층에 있는 '남부파타고니아Southern Patagonia'이다. 책방이 시내와 면세 구역에도 있지만 이 책방보다는 작다. 이 책방에는 책도 많지만 지도와 선물할 만한 기념품도 많다. 부두 입구에도 비싸지만 좋은 기념품 가게가 있다.

남아메리카 아주 남쪽에서는 푼타아레나스가 칠레와 아르헨티나를 통틀어서 가장 유서 깊고 제일 큰 도시인지라 나름대로 구경거리가 꽤 있다. 먼저 푼타아레나스에는 몇 개의 박물관이 있으며 그 가운데서도 마젤란 박물관과 살레지오 박물관과 마젤란 대학교의 추억 박물관이 주요하다. 세 곳 모두 나름대로 특징이 있어 부근의 역사를 알고 자연을 보려면 반드시 가 보아야 할 곳이다.

한겨울에 푼타아레나스에 가는 사람들이 많진 않지만 한겨울은 한겨울대로 그 도시는 신기하고 재미있다. 남쪽에 있어 해가 아주 늦게 뜨고 일찍 진다. 또 매년 7월 하순에는 '겨울 카니발'을 연다. 그 부근에 있는 학교와 부대들과 단체의 남녀노소가 나름대로 가면을 쓰고 화장을 하고 주제에 맞게 노래를 부르고 춤을 추면서 시가행진을 한다. 악대는 가장 아름다운 미인을 앞세워 흥을 돋운다. 어둡고 긴 겨울엔 늘 무언가 재미있는 일을 만들어 무료함을 달랜다.

우리 돈을 받는 스콧 환전소!

푼타아레나스의 환율은 산티아고의 환율보다 조금 나아 2012년 말의 경우 1달러에서 10페소 차이가 났다(푼타아레나스에서 현금 1

달러는 470페소로 1페소는 2.32원 정도였다). 어느 도시든 좋은 환전상을 만나면 좀 더 받겠지만 누가 더 주는지를 모른다. 환전상마다 일일이 돌아다니기도 힘들기 때문이다. 알아서 쓸 만큼 바꾸면 된다. 환전소에서는 물론 유로화도 받으며 2009년 1월 1유로에 770페소를 주었다.

푼타아레나스에는 놀랍게도 우리 돈을 칠레 돈으로 바꿔주는 환전소가 있다. 2008년 12월에 1만 원을 받고 3,800페소를 내어주었

🛬 스콧 환전소는 칠레에서 거의 유일하게 우리나라 돈을 바꿔주는 곳이다.
ⓒ 극지연구소 안인영

다. 공정환율에 견주면 아주 낮은 이 환전은 푼타아레나스로 들어오는 우리나라 어선의 선원들이 칠레 아가씨의 몸값으로 우리 돈을 주면서 생긴 현상이다. 환전소에서는 우리 돈을 싸게 사서 산티아고에 있는 환전소에 아주 비싸게 판다.

우리 돈을 바꾸어주는 스콧 환전소^{Scott Cambios}의 주소는 콜론가 306번지로 마젤란가와 콜론가가 만나는 교차로에서 바다 쪽 왼쪽 코너이다. 마젤란가는 마젤란 광장의 동쪽, 곧 바다 쪽 남북방향의 큰길이다. 콜럼버스를 뜻하는 콜론가는 동서방향의 큰길로 가운데 큰 나무들이 서있다. 환전소와 여행사가 함께 있는 목조 건물로 문을 열고 들어서서 오른쪽으로 보면 환전소 창구가 보인다. 오른쪽 벽에는 환율표가 붙어있다. 중심가 빌딩 빅토리아에 비슷한 이름의 환전소가 있으니 착각하면 안 된다.

길 잃은 고양이는 되지 않을 거야

푼타아레나스에는 합승 택시가 있다. 스페인어로 '콜렉티보'라고 부르는 허름한 합승 택시는 일정한 노선을 따라가는 택시로, 노선에 따라 번호를 지붕에 달고 다닌다. 물론 요금이 정액제로 아주 싸다. 이 택시는 합승 택시이므로 다음 손님이 타면, 먼저 탄 사람이 당연히 자리를 옮겨 앉아야 한다. 이 택시는 밤 12시가 넘으면 할증요금을 내며 일요일과 휴일에도 별도의 요금을 낸다.

노선을 모른다고 합승 택시 타기를 주저할 필요가 없다. 푼타아레나스에서는 합승 택시가 거의 모두 면세 가게가 모여 있는 소나 프랑카를 지나가기 때문이다. 버스를 타도 마찬가지이다. 호텔이 있는 시내로 올 때에는 합승 운전수에게 "centro(시내)?"라고 물은 뒤, "si(간다)"면 타면 된다. 스페인 말 '시'는 '예'이고 '노'는 '아니요'이다. 단지 그때는 내릴 곳을 알아야 한다. 거의 모든 합승 택시는 마젤란 광장에서 두 블록 정도 서쪽에 있는 길로 간다. 가끔 노선이 너무 다르면 시간이 좀 들지만 그렇지 않으면 가기 힘든 곳을 가므로 굳이 싫어할 이유도 없다. 시간이 더 들어봤자 인구 15만 명의 작은 도시인 푼타아레나스에서 헤맨다. 또 도시가 남북으로 길게 발달해 길을 잃을 염려는 거의 없다.

반면 우리나라의 택시와 같은 택시들도 있다. 보통 아주 깨끗한 고급 택시들이 그런 택시들이다. 요금은 우리나라 택시 요금에 견주어 비싸지 않지만 그렇다고 싼 것도 아니다. 합승 택시는 그럴 필요가 없지만 고급 택시는 요금의 10% 정도를 팁으로 주어야 한다.

전화는 커다란 안테나가 설치된 큰 엔텔ENTEL전화국에서 해도 된다. 그러나 그 전화국은 저녁 9시에 닫아 불편하다. 대신 작은 전화국은 밤 12시까지 연다. 더구나 중심가에 있는 작은 전화국은 통화 시간을 보여주어 아주 유리하다. 5분 1초를 통화하고 6분 요금을 내는 경우를 방지할 수 있기 때문이다.

남빙양을 바라보며 먹는 신라면

푼타아레나스에 있는 중국식당 '금룡'과 '드래건 패스'에서는 칠레 재료로 말레이시아 사람이 만든 중국 음식을 먹을 수 있다. 금룡

은 푼타아레나스를 동서로 가로지르는 큰길인 콜론가를 따라 서쪽으로 약간 높은 곳에 있으며 '드래건 패스'는 낮은 곳에 있다.

새로 생긴 중국 음식 '뷔페식당 채홍찬청'에서는 중국 음식과 비슷한 음식이 있으리라 생각된다('자유로운 포크'라는 뜻의 '테네도르 리브레'는 뷔페를 말한다). 채홍찬청에서는 양고기를 잘 구워서 대접한다. 채홍찬청은 푼타아레나스의 종로격인 보리에스 647번지의 슈퍼마켓 '유니막'의 옆에 있다. 유니막은 푼타아레나스 시내에서는 가장 좋았던 과거의 슈퍼마켓인 '아부 고쉬'의 후신이다. 아부 고쉬의 여사장이 사업에 성공해 보람을 느낀다고 자부심이 아주 컸는데, 몇 년 전 유니막으로 바뀌었다. 새로 생긴 아주 큰 하이퍼마켓인 '리데르'는 우리나라의 대형 마트 못지않게 크다. 인구 15만 명밖에 되지 않아도 가게는 아주 크다.

칠레식 뷔페식당은 '호텔 피니스 테래'의 7층에 있다. 음식이 깔끔하며 푼타아레나스 시내와 마젤란 해협을 구경할 수도 있다. 칠레 식당은 바깥에 음식의 모양과 가격이 적혀 있는 그림을 붙여놓기도 한다.

푼타아레나스 시내에서 좋은 식당으로는 '소티토스 바'가 있으며 이름은 잊었지만, 시내에서 상당히 먼 곳에도 좋은 음식점이 있다. 호텔 '사보이'의 식당도 푼타아레나스에서 아주 맛있는 음식을 하는 식당 가운데 하나이다. 최근에 생긴 호텔들의 식당과 새로 문을 연 식당들은 연륜은 짧아도 실내장식은 아주 좋으리라 생각된다. 식당 '엘 비글'에서 해물탕과 흰 쌀밥을 즐겨 먹었다. 겉은 허름하지만 안에 있는 커다란 세계지도와 그 부근의 역사와 지리를 설명한 장식이 마음에 들었기 때문이다. 그러나 나이 많은 웨이터가 몇 년 전 세상을 뜬 다음에는 발걸음이 그렇게 내키지 않는다. 더구나 해물의 양도 작아지고 재료도 단순해진 것 같아, 칠레의 물가도 빨리 오른다는 기분이 든다. 물론 값도 많이 올랐다.

이 지역의 독특한 동물들인 과나코와 다윈타조와 토끼 계통의 짐

🛩 최신의 새것도 좋지만 나무 바닥이 삐걱거리는 이 호텔과 음식점에는 돈을 주고도 살 수 없는 고풍의 멋과 맛이 있다.

승 고기를 주로 한 요리도 있다. 그런 음식을 먹을 수 있는 식당은 유니막의 부근을 비롯해 한두 군데 있으며 값은 아주 비싸다.

시간이 없거나 미국식 패스트푸드를 먹으려면 '로미트 집^{Lomit's}'을 찾으면 된다. 바에 걸터앉아서 먹을 수도 있고 식탁에 앉아서 먹을 수 있다. 값도 비싸지 않아서인지 항상 북적거린다. 물론 피자 가게도 있다.

2008년 유니막에서 공항 쪽으로 길을 건너 약간 바다 쪽으로 농심의 신라면을 파는 집이 생겼다. 당시는 신라면 1개를 끓여주고 1,600페소를 받았으나 2012년 말에는 3,000페소이니 만 4년 만에 거의 2배가 되었다. 후자가 간판이니 라면이 먹고 싶으면 한번 가보면 좋을 것이다. 손님들이 남기고 간 한글, 일본어, 스페인어, 영어 낙서가 재미있다. 그러나 최근에는 손님이 상당히 줄어든 것 같아 안타깝다.

칠레의 공식 점심시간은 오후 1~3시, 저녁시간은 오후 8시부터이다. 그러나 푼타아레나스에서는 여름에 관광객이 많아서 점심과 저녁이 각각 12시도 되고 7시도 될 것이다. 빨리 가면 음식이 빨리 나올 수도 있지만 그렇지 않을 수도 있다. 더구나 고급 식당은 될 수 있으면 예약을 해야 제대로 된 대접을 받는다. 그렇지 않으면 음식은 먹지만 뜨내기 취급을 당할 것이다.

펄떡이는 것들

푼타아레나스는 항구도시고 파타고니아와 가까워 수산물과 쇠고기와 양고기를 재료로 한 먹을거리가 풍부하다. 수산물 요리로는 콩그리오(뱀장어), 멜루사(대구), 연어, 페이레이 같은 생선 요리와 왕게(센토야) 요리가 유명하다. 콩그리오는 뱀장어 계통의 물고기로, 뱀장어처럼 가늘고 긴 게 아니라 길이는 1m 정도에 굵기는 사람 다리처럼 굵다. 멜루사는 콩그리오와 비슷한 물고기이며 페이레이는 25~30cm 되는 가는 물고기로 칠레 사람들이 먹는 가장 작은 물고기이다. 생선들도 아주 맛이 있다.

왕게는 7월 1일부터 11월 말까지만 잡을 수 있으므로 그 후에는 냉동한 왕게의 요리이다. 또 왕게는 수컷만 잡을 수 있으므로 맛이 더 있는 암컷은 먹을 수 없다. 물론 위에서 말한 생선살과 왕게살, 홍합과 조개를 섞은 해물탕인 소파 마리코사^{sopa maricosa}도 있다. 왕게보다 작고 다른 종인 센투용은 맛이 못하다.

생선은 위에서 말한 생선살을 굽거나 찌고 거기에다 소스를 친 샐러드가 곁들여 나온다. 예컨대 '콩그리오 아 로 포브레'에는 콩그리오 구이에 양파와 달걀 반숙과 감자튀김이 따라온다. 연어나 멜루사의 요리도 좋다. 왕게 요리는 부두인 여기에서도 아주 비싸서 다른 생선 요리나 쇠고기 요리의 적어도 두 배가 된다.

칠레의 슈퍼마켓이나 음식점에서는 미리 해놓은 음식을 판다. 먹고 싶은 음식을 골라서 자기가 먹을 만큼 그릇에 담아서 무게에 따라 값을 낸다(아르헨티나도 마찬가지이다). 시간에 따라서는 더운 음식도 있다. 그러므로 굳이 식당을 찾아가지 않아도 된다. 생선 요리는 차가워도 비린내가 나지 않는다.

푼타아레나스의 어시장. 오른쪽에 콩그리오가 보인다.

　여기서 주로 먹는 양고기(코르데로) 요리는 양고기를 쇠고기를 굽듯이 단순히 굽지 않고, 내장을 뺀 양의 몸통을 은근히 몇 시간을 불 위에서 빙빙 돌려 기름을 빼면서 구운 요리이다. 기름기가 없어 맛이 아주 고소하고 담백해서 누구라도 좋아할 것이다. 그러나 그런 양고기 전문점은 미리 예약을 해야 제대로 조리된 양고기 요리를 먹을 수 있다. 갑자기 많은 손님들이 들이닥치면 준비가 되어있지 않아 맛이 덜할 수도 있다. 그런 곳에서는 손님이 오면 고기를 직접 잘라준다. 만약 양고기의 기름이 싫다면, '기름기 없는 부분을 주세요'라는 뜻으로 '신 그라사, 포르 파보르'하면, 알아서 기름기가 없는 부분을 잘라서 준다. 물론 짐승 고기는 기름이 있어야 맛있다.

　식당에서 먹는 음식 값은 당연히 요리에 따라 다르고 먹기 나름이겠지만, 포도주도 시키고 그런대로 격식을 찾아 좋게 먹는다면 봉사료를 포함하여 한 사람당 적어도 25~30달러 정도는 잡아야 한다. 반면 아주 싸게 먹을 수도 있을 것이다. 그러나 푼타아레나스가 오지이고 면세 지역이라 물가가 싼 게 아니라 관광 지역이라 오히려 비싸다고 보아야 한다.

호텔에서 잠만 자나?

마젤란 광장의 동쪽에 있는 위에서 말한 카보 데 오르노스 호텔은 칠레관광공사의 소유였으나, 2005년 푼타아레나스의 토호기업인 코마파^{COMAPA}에게 불하되었다(COMAPA는 '푼타아레나스 해운회사'의 약칭이다). 그들이 호텔 내부를 크게 고치면서 방은 작아지고 호텔비는 비싸져 2012년 말 1인실이 118달러나 되었다. 이 호텔에서는 남극을 포함한 그 일대로 가는 관광객들이 많이 머물면서 남극과 파타고니아에 관한 정보를 많이 얻을 수 있다.

지금은 세상을 떠난 영국 작가 브루스 채트윈(1940~1989)이 묵어 유명해진 호텔 '리츠'에서는 복도에 채트윈의 사진을 걸어놓고 입구 책상에는 채트윈이 기록했던 숙박계를 내어놓았다. 손님들이 하도 만져서 숙박계 한 귀퉁이는 하얗게 닳아 없어질 정도이다. 브루스 채트윈은 『파타고니아』라는 소설로 일약 세계에서 유명한 작가가 되었다. 그가 유명해지자 그의 소설을 비판하는 책들이 영국과 아르헨티나에서 나왔다. 아르헨티나에서 나온 책의 내용은 채트윈의 책이 사실과 다르고 그가 글을 쓰려고 무엇을 몰래 집어갔다는 내용이다. 한마디로 그를 헐뜯는 내용으로 문학에 문외한인 사람에게는 '굳이 그럴 필요가 있나.' 하는 생각이 든다.

호텔 리츠에서는 1988년 1월 드레이크 해협을 건너서 내셔널 지오그래픽 잡지에 기사가 났던 새빨간 요트인 시 토마토$^{Sea\ Tomato}$ 호의 노를 벽에 걸어놓았다. 그 요트는 세종기지가 한창 지어질 때 킹조지 섬에 왔었다. 칠레기지의 마을 앞 해안에 얹혔던 그 요트가 눈에 가물거린다.

12월 초부터 2월 말까지만 여는 이 호텔은 오래되었기 때문에 불편할지 몰라도 고풍스러운 향기가 난다. 그러나 2006년 12월 호텔이 열리지 않은 것으로 보아, 여든에 가까운 주인 할머니가 돌아가지 않았나 하는 불안한 마음을 감출 길이 없다. 지금쯤은 세상을 떠났을 거로 생각된다.

칠레를 포함한 라틴아메리카의 호텔들은 보통 호텔비에 아침 식사가 포함되어있으나 고급 호텔에서는 포함되지 않는 수가 있다. 그러므로 호텔에 투숙할 때 미리 물어보아야 한다. 호텔이 좋을수록

세계적인 작가의 손길이 닿은
호텔 리츠를 찾는 것도
기억에 남을 것이다.

아침 식사 값이 올라가기 때문에 비싸면 20달러를 넘는 수도 있다.

호텔에 묵을 때 그 호텔에서 음식을 먹지 않으면 "한국 사람들은 이상하다. 한국 사람들은 호텔에서 잠만 자느냐?"라는 말을 듣는다. 이는 오래전에 우리를 도와주었던 분이 호텔 측한테서 들은 말이다. 자는 것과 먹는 것의 급을 맞추라는 말로 생각된다. 그런 말에 너무 예민할 필요도 없겠지만 너무 무시하면 그들이 우리를 시골 사람으로 생각할지도 모르겠다.

푼타아레나스에도 아파트 호텔이 있다는 말은 들었으나 한 번도 가 본 적은 없으며 콜론가를 따라 바다 쪽으로 내려가다가 바다에서 2~3블록 떨어져 왼쪽에 있다고 한다. 묵은 사람의 말로는 여러 사람이 묵기에는 아주 싸고 좋다고 한다.

성탄 특식 값은 티셔츠

하숙은 1박에 40~50달러 정도로, 싼 대신 불편한 점도 있으나 견딜 만하다. 당연히 독방도 있고 화장실도 공용이 아닌 경우도 있고 더운 물도 나오고 아침도 제공된다. 푼타아레나스에서 하숙은 방마다 선이 3개, 곧 케이블 TV, 인터넷, 전화가 있는 하숙은 고급 하숙으로 값이 좀 비싸다. 푼타아레나스가 아주 좁아도 시내의 중심인 마젤란 광장에서 멀면 하숙비가 싸진다. 싼 하숙에 묵겠다고 시내에서 너무 멀어지면 부두에서 일하는 외국 젊은이들이 많고 해가 들지 않는 방을 줄 수도 있어 바람직하지 않다. 최근에 칠레의 경제가 피면서 하숙비도 오른 것으로 알고 있다.

만약 하숙에 묵겠다면 알아둘 것이 있다. 하숙 가운데에는 부엌을 손님에게 내어주는 하숙이 있다는 점이다. 손님이 하숙집 부엌의 냉장고와 전자레인지, 가스레인지와 식기를 쓸 수 있어서 재료를 사다가 자기 마음대로 요리를 해서 먹을 수 있는 하숙이다. 그렇다고 하숙비가 더 비싼 것도 아니다. 이런 하숙은 옛날 가난했던 시절 개척자들이 고생했을 때, 서로 도와가면서 살아가던 방식이 남아있는 좋은 하숙이다.

그런 하숙집 가운데 하나가 '레지덴샬 몬세랏Residencial Monserrat'으로 마젤란 가 538번지의 빨간 지붕에 하얀 목조 2층집이다. 마젤란 광장에서 마젤란가를 따라가 콜론 가를 지난 다음 셋째 블록 가운데 왼쪽에 있다. 스위스 사람이 설계해서 지은 지 100년이 넘은 건물이지만 아직도 깨끗하다(부엌에는 100년이 넘은 오븐이 지금도 잘 가동될 것이다). 남아메리카를 상징하는 아주 큰 아라우카리아Araucaria나무가 있는 정원이 꽤 넓다.

여주인 마리벨Maribel은 영어가 서툴지만 다른 여자 몬세랏Monserrat은 영어로 의사소통하는 데 문제가 없다. 푼타아레나스에서 꽤 떨어진

손님이 주방 기구를 쓸 수 있는 레지덴샬 몬세랏에는 성탄 시즌에 가는 것을 추천한다.

메타놀 공장에서 일하는 젊은 사람들이 장기 하숙을 해, 아침도 푸짐하다(칠레 사람들은 아침을 잘 먹지 않아 호텔이나 하숙에서는 아침을 부실하게 준비한다). 그러나 2005년까지 방에서 인터넷이 안 되었고 전화가 공용이라 불편했다. 그러나 인터넷이 대세인 지금은 인터넷이 될 것이다.

관광객들이 기념으로 놓고 간 모자들이 벽 하나를 채운 이 하숙집의 특징은 매년 무료로 관광객과 성탄 파티를 한다는 점이다. 그날 식사는 성탄 특식으로 쇠고기 요리도 몇 가지 나오고 닭고기 요리에 여러 종의 샐러드에 포도주, 샴페인, 코카콜라를 비롯한 음료들이 문자 그대로 푸짐하게 있어서 마음껏 먹고 마실 수 있다. 손님들은 그냥 얻어만 먹지 않아, 티셔츠나 가스오븐 점화기 같은 작은 선물을 준비했다(그 하숙에서는 성냥으로 오븐에 불을 붙였다!). 당시 관광객이 아니었던 나는 적지 않은 특식비를 내었다.

이 하숙에서 너무 시끄럽게 굴면 여주인이 다음 날 새벽 6시에 쫓아낸다. 실제 쫓겨나가는 필리핀 남자와 여자를 보았다. '손님이 가족'이라고 주장하는 여주인들은 손님을 아주 배려하지만, 손님들이 예의에 벗어나면 아주 무서워진다.

여자를 조심하세요

우리나라 사람들이 잘 가는 중국 음식점인 금룡의 남쪽(왼쪽)으로 100m쯤 떨어진 전망대에 가면 시내와 마젤란 해협을 한눈에 볼 수 있다. 그 부근에 있는 해협을 뜻하는 카페인 '카페 에스트레초'에는 세계 여러 도시의 방향과 거리가 표시된 높은 기둥이 2개나 있다(에스트레초는 스페인어로 '해협'이다). 서울이 없어 표시해달라고 하자 2004년 말 서울을 기둥에 표시하겠다고 말했다. 그러나 금방 되지는 않아 2009년에야 'SEOUL 15273KM'라고 표시했다. 그 카페에서는

🛬 카페 에스트레초 기둥 정중앙에 서울 표지판이 보인다.
© 극지연구소 김정훈

아주 오래 된 타자기들과 전화기들, 싱거 재봉틀 같은 것들을 볼 수 있다. 마실 것은 그렇게 많지 않지만 푼타아레나스 시내와 마젤란 해협과 남쪽의 섬들이 아련히 보여, 시간이 있으면 한가하게 앉아있을 만하다.

푼타아레나스에도 당연히 술을 마시고 춤을 추고 노는 집이 있다. '라스베가스'니 '마리아 테레사'가 그런 집이다.

그런 술집에 남자들이 들어가서 술을 마시면 여자들이 옆에 와서 앉는데, 이들은 그 가게에서 일하는 여자들이다. 멋모르고 그 여자들이 한잔 사달라고 해서 사줬다간 낭패를 본다. 손님인 남자가 마시는 술값과 그 가게에서 일하는 여자가 마시는 술값이 크게 다르기 때문이다. 예컨대, 2012년 말에 시내에서 떨어져 언덕에 있는 술집 '라스베이거스'에서는 손님이 마시는 맥주 한 잔은 2천 페소(한화로 4,000원 정도)인 반면, 여자가 마시면 6배인 12,000페소를 요구했다(도둑놈이 아니고 실제 그렇게 한다). 물론 이 차이는 술집에 따라 다르겠지만 크게 다르지는 않을 것이다. 물론 합석을 거부하고 혼자

NIGT CLUB INTERNACIONAL

Salmaceda 432   Fono 221931   Punta Arenas

> 몽셰리라는 이 술집의 명함을 보면 여자들이 있는 술집이라는 것을 금방 알 수 있다.

술을 마실 수 있지만 상당한 눈치를 주고 좋은 대접을 받지 못한다. 그런 집에서는 술과 음료는 터무니없이 비싸고 환율은 아주 싸서, 손님의 돈을 뜯어내는 곳이나 마찬가지이다. 게다가 나이 든 여주인 가운데는 아주 상스러운 우리말을 하는 여자도 있다.

원시시대로 가는 길

푼타아레나스 시에는 모든 등산인이 마지막으로 등정하고 싶어 한다는 토레스 델 파이네 봉이 있는 국립공원이 있다. 파이네는 위에서 말한 테우엘체^{Teuelches} 인디오의 말로 '파랗다'는 뜻이다. 실제로 물이 옥색이다. 이는 얼음에 침식된 바위에 대단히 고운 가루가 많아 생긴 현상이다. 그 부근의 물은 얼음이 녹은 물이지만 물속에는 얼음이 갈아낸 밀가루보다 더 고운 바위 가루가 많이 떠있다.

토레스 델 파이네는 검은 고생대 지층을 허옇고 커다란 화강암 덩어리가 뚫고 들어간 모양이 장관이다. 3개의 화강암 기둥은 마치 거대한 탑 같다. 화강암이 수억 년 전 고생대 지층을 뚫고 들어갔을 때에는 그렇지 않았겠지만 지금은 빙하에 깎여서 3개의 탑처럼 솟아있다. 지질학을 몰라도 위대한 대자연의 경이로움에 머리가 저절로 숙여진다. 바위와 산을 잘 타는 사람들은 며칠에 걸쳐 그 바위를 올라간다는 말을 들었다. 그곳에는 인간의 손길이 닿지 않은 원시시대의 대자연에서 볼 수 있는 아름다움이 그대로 남아있다.

푼타아레나스에서 파이네까지 400km이므로 시간이 상당히 걸린다. 여름에는 한밤중에 푼타아레나스를 떠나 버스에서 자면서 가고

토레스 델 파이네의 장관을 보고 엄숙해지지 않는 이 누가 있을까.
왼쪽 꼭대기에 남아있는 검은 바위가 고생대 바위고,
그 아래 허연 부분과 오른쪽에 뾰족한 봉우리들은
고생대 바위를 뚫고 들어간 화강암이다.

다음 날 새벽 푸에르토 나탈레스에서 아침을 먹고 종일 파이네를 구경하고 한밤중에 푼타아레나스로 돌아오는 프로그램도 있다. 아마 싸고 시간이 적게 드는 방법일 것이다. 사람이 많아지고 길이 좋아지면서 가능하다고 생각된다. 최근에는 다리를 놓아 푼타아레나스에서 하루만에도 갔다 온다고 한다.

또는 푸에르토 나탈레스에서 자고 하루 정도를 보아도 된다. 푸에르토 나탈레스는 푼타아레나스에서 북서쪽으로 250km 정도 떨어졌으며 인구가 2만 명 정도인 작은 도시이다. 대자연이 깨끗해서 그 도시에서 키운 돼지의 고기를 '참 돈육'이라는 상표로 우리나라에 수출한다.

그래도 아름다워서

파이네 공원 안에서는 그 안에 있는 비싼 호텔을 빼고는 음식을 구하기가 쉽지 않다. 그러므로 공원으로 들어가기 전에 있는 마지막 마을인 세로 카스티요^{Cerro Castillo}에 있는 가게에서 먹을 것을 준비해야 한다. 그렇지 않으면 샌드위치 정도를 비싼 값에 먹어야 한다. 파이네 공원 안에는 호텔이 몇 개가 있으며 깨끗하지만 드물어 숙박비와 식비가 싸지 않다. 푸에르토 나탈레스에 들어오기 직전과 세로 카스티요에서 동쪽으로 조금만 가면 아르헨티나 땅이다.

단체 관광으로 쉽게 볼 수 있는 파이네의 마지막 구경거리는 그레이 호수와 그레이 빙하이다. 빙하가 녹아내리는 끝에서 무너져 떨어진 빙하 조각들이 마치 남극에 온 기분이 든다. 그 빙하와 빙벽을 구경하려면 따로 배를 타야 한다. 빙하는 가깝게 보여도 12km 정도 떨어져 있다. 단지 공기가 깨끗해 가깝게 보일 뿐이다. 파이네 공원은 보통 바람이 아주 세고 소나기도 올 수 있으므로 바람과 비를 막을 옷을 반드시 준비해야 한다. 잘 알다시피 산에서 날씨는 예측할

그레이 호수에서는 멀리 보이는 그레이 빙하에서
떨어져 나와 떠다니는 빙하를 감상할 수 있다.

수 없을 정도로 자주 바뀐다. 바람이 강하면 제대로 걷지 못할 정도로 아주 강하다.

파이네에서는 등산 기구를 빌리고 숯을 사서 음식을 해먹을 수도 있다. 또 가지고 간 텐트를 치고 잘 수도 있다. 그러나 길을 잃을 위험이 있고 퓨마가 있어 조심해야 한다. 그러므로 파이네에서는 반드시 숙소에 행선지를 남기고, 비상 옷과 비상식량을 준비하며, 길에서 벗어나지 말아야 한다. 실제 몇 년 전 칠레의 고등학생이 조난당했다. 길에서 벗어나면 다른 사람이 찾기 힘들다.

최근 칠레 정부가 파이네 공원을 적극적으로 홍보하면서 관광객들을 끌어들이고 있다. 그러면서 외국과 자국민에게 다른 입장 요금을 받는다. 2012년 12월 외국인의 입장료는 18,000페소(40달러)였으며 칠레인은 이 금액의 40% 정도였다(2005년 4월 파이네 공원의 외국인의 입장료는 1만 페소였고 칠레인은 4천 페소였다). 외국인에게 좀 더 받는 것은 다른 나라에도 있는 제도로 알고 있으나, 칠레 국민의 입장료의 2배 이상은 너무 비싸지 않나 싶다.

그들의 천국

파이네 공원으로 가다가 가끔 양떼를 만나는 수도 있다. 양들을 몰아가는 양치기 개는 몸집이 크지도 않으면서 양들의 뒤에서 한눈팔지 않고 아주 열심히 양들을 몰아간다. 그 모습이 그렇게 성실하고 믿음직스러울 수가 없다. 양치기 개를 어떻게 키울까?

찰스 다윈이 우루과이에 갔을 때인 1830년대에는 양치기 개를 재미있는 방법으로 키웠다. 갓 태어난 강아지를 어미와 떼어 양털로 집을 만들고 암양이 젖을 먹여 키우게 한다. 그렇게 큰 개들은 다른 개들과는 어울리지 않고 양들과 어울려 놀면서 크면 양을 보호한다. 양도 양치기 개가 개라는 것을 알겠지만 들개가 나타나면 양치기 개의 뒤에 모여든다.

그러나 지금의 칠레에서는 두 가지 방법으로 양치기 개를 키운다. 첫 번째 방법이 칠레의 보통 개를 훈련시키는 방법이다. 훈련에 1~2년이 걸리며 개가 많이 얻어맞는다고 한다. 둘째 방법이 뉴질랜드에서 양치기 개를 수입하는 것이다. 뉴질랜드에 양이 많으니 가능할 것이다. 그러나 만약 사람이 그 개를 때리면 그 개는 다시는 일을 하지 않는다고 한다. 개도 감각이 있어서 아픈 것을 알고 반감을 갖는다는 증거이다.

푼타아레나스 근처 북쪽으로는 마젤란펭귄의 군서지가 있다. 키가 작고 목과 가슴에 하얀 줄이 하나씩 있는 마젤란펭귄은 땅 속에다 구멍을 파고 사는 단 1종의 펭귄이다. 땅으로 갈 수 있는 군서지에는 펭귄이 많지 않다. 그러나 마젤란 해협의 가운데에 있는 막달레나 섬에는 펭귄들이 훨씬 많다.

여름에는 관광객들을 모아 펭귄이 사는 곳을 찾아가는 프로그램도 있다. 펭귄은 4월 중하순이면 북쪽으로 올라가는 것으로 보인다. 또 양털을 깎는 것을 구경하고 점심을 먹으면서 칠레의 아가씨나 남자들과 춤을 출 수 있는 관광 상품도 있다. 퓨마가 새끼를 낳은 농장을 보여주는 상품도 있다. 퓨마는 사람이 있으면 새끼를 잘 낳지

마젤란 해협에 있는 막달레나 섬은 마젤란펭귄들의 천국이다.

않는다는데 그 농장에서는 성공했다. 부근에 있는 빙하를 찾아가는 상품도 있다.

그 새는 대포 속에서 산다

마젤란 해협에는 스페인 정복자들이 이 지역을 개척했던 슬픈 역사가 남아있다. 파나마운하가 뚫리기 전에는 태평양과 대서양을 오가는 거의 모든 배는 마젤란 해협을 지나갔기 때문이다. 따라서 기뻤거나 슬펐던 흔적도 많다. 그 가운데 대표가 바로 스페인 정복자들이 마젤란 해협 남쪽 바닷가에 만들었던 동네 '포트 패민'이다.

스페인 이름이 '푸에르토 델 암브레'인 '포트 패민'에는 대단히 고생스럽고 힘든 사연이 있다. 1580년 에스페란사 호로 마젤란 해협까지 왔던 스페인 사람 사르미엔토 감보아는 마젤란 해협을 장악하려고 왕에게 청원해서 두 곳에 요새를 세웠다. 그는 사람이 살 집과 감시초소를 세우고 대포를 거치했다. 그러나 기후가 나빴고 원주민 때문에 발붙이기 힘들었다. 다행히 세계를 일주하던 영국 해적에게 발견되어 몇 사람이 구조되었다. 그는 마젤란 해협 남쪽의 요새를 '사람이 굶어죽는 포구'라는 뜻으로 포트 패민이라고 이름을 붙였다.

한편 이때 감보아는 마젤란 해협의 북쪽 평원을 돌아다니는 야생말을 발견했다. 1541년 부에노스아이레스에서 쫓겨 간 사람들이 놓고 간 말이 파타고니아를 거쳐 남쪽까지 내려왔던 것이다.

포트 패민 부근에는 푼타아레나스의 전신인 요새 푸에르테 불네스가 있다. 이 요새는 1843년 칠레 마누엘 불네스 대통령의 명령으로 5월 칠로에 섬의 남쪽을 탐험했던 사람들이 세웠다. 당시 남쪽으로 항해했던 안쿠드 호에서 9월 21일 불네스 요새가 있던 자리에 여자 두 사람을 포함하여 23명이 상륙했다. 그러나 그곳은 바람이 세고 추워 5년 후 자리를 옮겨 푼타아레나스를 건설했다.

당시 설치했던 대포는 이제는 유물이 되어 여름에는 이름 모를 새의 보금자리가 되어 대포 속에서 새소리가 난다. 또 거기에 전시

✈ 마젤란 해협을 감시하는 요새의 대포 속에서 나는 새소리를 들어보자.

된 통나무의 속을 파낸 원주민의 보트는 하도 투박해 사람이 어떻게 타고 다녔는지 상상을 하지 못할 정도이다. 원주민들은 바람의 힘으로 보트를 움직인다는 것을 몰라 돛이 없었고 사람의 힘으로만 움직였기 때문이다.

푸에르테 불네스는 사적지가 되어 좋은 관광지가 된다. 그리로 가는 길에는 칠레 국토의 중간점이 있어서 발걸음을 멎게 한다. 북쪽 끝과 남극점 사이의 중간 지점이다. 나라가 아주 길고 남극의 영유권을 줄기차게 주장하는 칠레다운 발상이다.

포트 패민 일대의 숲은 렝가라는 너도밤나무 계통의 나무들이 많다. 그 나무에는 다윈 사이타리아라는 버섯이 있다. 이 버섯은 나무와 싸워서 생긴 이상조직이 생기며 여름에는 탁구공 크기의 노르스름한 버섯이 큰다. 버섯이 통통할 때는 특별한 맛은 없어도 먹을만 하지만 시간이 가면서 갈색으로 말라비틀어진다.

노란색의 다윈 사이타리아 버섯이
열매같이 탐스러워 보인다.

칠레 땅 위에서 열어라

푼타아레나스에서 산티아고까지 버스로 가고 싶어 하는 여행객도 분명히 있을 것이다. 비행기 여행은 잘 알다시피 빠르고 편안하지만 내리고 뜰 때와 구름을 빼고는 바깥 풍경을 구경할 수 없다. 그러나 버스 여행은 다르다. 볼거리가 많고 많은 아름다운 추억이 생긴다.

푼타아레나스에서 산티아고까지는 위도만 따지면 직선거리는 2,200km 정도 되어 한반도 남북 거리의 2배가 넘는다. 그러나 안데스 산맥 때문에 곧장 갈 수 없어 아르헨티나로 돌아가면서 푼타아레나스와 산티아고의 중간 지점인 오소르노까지만도 2,280km나 된다. 그러므로 푼타아레나스에서 산티아고까지 한 번에 가는 버스는 없고 오소르노에서 갈아타야 한다. 오소르노에서 산티아고까지는 945km이어서 한마디로 서울과 부산의 왕복 거리보다 크다.

푼타아레나스에서 버스를 타고 산티아고로 가려면 몇 가지를 알고 타야 한다.

첫째, 반드시 출발 전날 버스 회사에서 버스표를 예매해야 하며 이때 여권이 꼭 있어야 한다. 아무리 칠레 버스에 앉아있어도 국경을 넘어 아르헨티나로 가고 있다는 것을 기억하자. 오전에 푼타아레나스를 떠난 버스는 2시간이면 칠레-아르헨티나 국경에 온다. 이어서 새벽까지 아르헨티나 파타고니아를 지나서 안데스 산맥을 넘어간다.

둘째, 큰 짐을 버스의 화물고에 실으면 칠레 땅이 아니고는 짐을 꺼낼 수 없다. 칠레를 출국할 때 세관원이 잠근 화물칸은 다음 날 아침에 칠레에 입국해서 세관원이 열기 전에는 아무도 열 수 없기 때문이다. 그러므로 꼭 필요한 물품, 예컨대 세면도구와 약 같은 것은 몸에 지니고 있어야 한다.

셋째, 푼타아레나스에서 별일이 없으면 오소르노까지 25~26시간 정도 걸린다. 그러므로 버스가 오전에 푼타아레나스를 떠나면 세 끼니의 먹을거리를 준비해야 한다. 승객의 대부분이 칠레 사람이므로 식사를 하기 위해 아르헨티나의 도시로 들어가려고는 하지 않고, 식사 시간 20분을 위해 고속도로를 벗어나 도시를 드나드는 데 2시간을 보낼 수는 없기 때문이다.

푸에르토 몬트에서 기차로 산티아고까지 가는 방법도 있지만 칠레 사람들은 권하지 않는다. 시간이 많이 들고 싸지도 않고 편안하지도 않다고 한다. 기차는 당연히 완행과 급행이 있고 급행은 몇 도시에서만 선다.

오소르노에서는 위가 하얀 눈으로 덮이고 원추형으로 생겨 칠레의 화산을 대표하는 오소르노 화산이 보인다.

끝에서 시작하다

비글 해협 Beagle Channel
& 우수아이아 Ushuaia

Ushuaia

Beagle Channel

옥돌 위에 푼 하얀 실

비글 해협은 티에라 델 푸에고 섬과 그 남쪽 섬들 사이의 해협이다. 동서 방향으로 열린 비글 해협은 그야말로 지구에서 가장 남쪽에 있는 해협이다. 단층으로 생긴 비글 해협에서 칠레 쪽의 비글 해협은 좁고, 해협 양쪽의 절벽이 대단히 험해서 남아메리카의 남쪽에서 아주 유명한 절경이다. 비글 해협은 잘 알다시피 찰스 다윈의 『비글호 항해기』로 유명해졌다.

비글 해협 남쪽 가운데에서 비글 해협에 결합되는 아주 좁은 수로는 남쪽 넓은 바다에 연결된다. 그 수로가 머레이 협수로로 나바리노 섬과 호스테 섬의 뒤마 반도 사이의 수로이다. 그렇게 크지 않은 배들은 이 수로를 지나 남쪽으로 내려간다. 그렇지 않으면 비글 해협의 동쪽 입구까지 가서 남쪽으로 항해한다.

비글 해협 일대의 경치가 워낙 좋아 지금은 좋은 관광지가 되었다. 그러나 우수아이아의 동쪽 부분, 곧 아르헨티나 쪽은 해협이 넓어 경치가 덜하다. 반면 칠레 쪽인 서쪽 부분은 눈과 빙하와 폭포와 산과 절벽과 숲과 바다를 한눈에 볼 수 있어 날씨가 좋은 날에는 정말이지 아름답다. 새파란 하늘 아래에 펼쳐진 새하얀 눈과 그 아래의 옥색 빙하는 정말 아름답다. 그 빙하에서 검은 바위 절벽으로 떨어지는 폭포들은 하얀 실 같다. 수면에 수평인 수목한계선 위의 연갈색 지면과 그 아래의 너도밤나무가 무성해 검게 보이는 숲은 또다른 아름다움이다. 나아가 검푸른 바다와 하얀 갈매기의 모습은 잊지 못할 한 장면이 될 것이다. 과거 고래가 많았을 때에는 고래가 물을 뿜었다지만 지금은 돌고래가 가끔 보일 뿐이다.

비글 해협의 동쪽 입구를 거의 다 나가서는 1980년대 말에 조난 당한 도서관 배의 잔해를 볼 수 있다. 도서관 배는 오지로 책을 가지고 다니는 이동 도서관 배를 말한다. 상당히 큰 배인 그 배의 누렇게 썩어가는 골조는 물새들의 보금자리가 되었다.

비글 해협으로 흘러내리는 빙하가
마치 비글 해협의 늙은 산이 백발을 풀어헤친 것처럼 보인다.

'세상 끝'에 서서

유럽 선교사들은 1860년대 후반 티에라 델 푸에고 섬을 찾아오기 시작했고 1870년대부터 정착했다. 이후 원주민에게 종교와 기술을 가르쳤으나, 원주민들은 20세기 들어서면서 완전히 사라졌다. 나아가 20세기 초의 군 형무소가 지금은 박물관과 미술관으로 개조되어 시간과 인간의 의식의 변천을 느낄 수 있다. 지금의 우수아이아는 인구가 6만 명인 관광도시이다.

남위 54° 48′, 서경 68° 18′인 우수아이아에서는 '세상 끝'이라는 말을 거리나 가게나 기념품에서 아주 많이 볼 수 있다. 실제 남아메리카 끝이 지구 육지의 가장 남쪽이다. 남아프리카 끝은 남위 33° 정

➤ '세상 끝fin del mundo'이라고 적힌 우수아이아 시의 안내판이다.

도이고 뉴질랜드 남쪽 섬의 끝은 남위 47° 정도이다. 남아메리카 끝인 케이프 혼은 남위 56° 정도로, 남위 54° 48'인 우수아이아는 그야말로 이 세상의 끝이다.

인디오의 돌 화살촉을 그대로 빼어다 닮은 올리비아 산을 배경으로 한 우수아이아는 아주 남쪽에 있어 여름에는 낮이 대단히 길다. 그래서 이곳에서는 여름에 저녁을 8시에 먹으면 상당히 일찍 먹는 격이 된다. 또 인구가 갑자기 늘어 도시에 활력이 넘치는 반면 가을이 시작되고 겨울로 들어가면 한산해지고 상당수의 호텔과 식당은 문을 닫아, 글자 그대로 동면한다.

아무리 비싸도 아깝지 않은

우수아이아에서는 취향에 따라 볼 곳이 여러 군데 있다. 먼저 위에서 말한 형무소를 박물관으로 개조한 해양 박물관이 볼만하다. 배의 역사도 볼 수 있지만, 형무소를 개조했으므로 형무소의 내부와 죄수들의 생활을 먼저 볼 수 있다. 또 지역의 역사와 자연과 남극에 관한 내용들을 전시하며 별도로 입장료를 지불하면 미술관도 볼 수 있다. 또 스테이튼 섬에서 뜯어온 등대도 볼 수 있다. 모두 낡았지만, 황량한 대자연과 맞서 싸우는 인간의 끊임없는 노력과 역사의 자취들이다. 매점에서는 그 지역의 지도와 책과 기념품들을 많이 판다. 또 시내에는 작은 박물관들이 몇 개 있다.

대자연을 좋아하는 사람은 시내 바깥으로 나가면 국립공원이 볼만하다. 인간의 손길이 거의 닿지 않은 자연이 그렇게 좋을 수가 없

형무소를 박물관으로 개조한 해양 박물관은 형무소 죄수들의 모습을 모형으로 전시해놨다.

협궤 기차는 이 지역 관광객에게 필수 코스이다!

다. 이때 관광 비용이 더 들더라도 꼭 '지구 끝의 역'에서 협궤 기차를 타야 한다. 여행 경비를 절약한다고 기차를 타는 것을 아끼면 큰 것을 잃는다. 우수아이아가 아니고는 협궤 기차를 타기도 쉽지 않다. 들인 돈보다 훨씬 큰 아름다운 추억이 생기고 정말 좋은 풍경을 본다. 기차를 타면 경치가 좋은 곳에서 쉬어 사진도 찍을 수 있다. 여름에도 좋겠지만 4월 하순경인 남반구 가을에 가면 온 산이 붉게 물든, 그야말로 만산홍엽인 단풍을 볼 수 있다. 그곳에서 아주 흔한 너도밤나무의 일종에 온통 단풍이 들기 때문이다. 남아메리카 아주 남쪽 끝의 그 단풍이 그렇게 아름다울 수 없다. 아르헨티나 치고는 기차 요금이 좀 비싸다고 생각되지만 절대로 후회하지 않는다.

1870년대 초에 정착한 영국 성공회 토마스 브리지 목사의 후손들은 우수아이아에서 동쪽으로 70km 정도 떨어진 곳에 하버튼 농장을

➤ 화려한 우수아이아의 가을이 대단히 아름답다.

➤ 브리지 목사가 건설한 현재의 하버튼 농장에서
예전의 황량함은 찾아볼 수 없다.

만들어 살아간다(하버튼은 브리지 목사 부인의 영국 고향이다). 그
들의 노력을 인정한 아르헨티나 대통령이었던 로카 장군이 19세기
말에 땅을 그들에게 주었고 그 땅은 농장이 되었다. 그 농장은 황량
한 섬을 개발한 한 가족의 고생과 영광이 눈에 보이는 곳으로, 지금
도 좋은 관광지이다. 그곳에 가면 미국인 며느리인 박물학자 나탈리
구돌^{Natalie Goodall} 여사가 만든 고래 박물관이 있다. 그 박물관은 고래뿐
아니라 그 지역에 있는 척추동물과 새를 볼 수 있는 좋은 자연사박
물관이다. 하버튼 농장은 원래 평범한 농장이었으나, 1994년 겨울
에 내린 3m 정도의 큰 눈 때문에 소들이 많이 죽어서 관광업으로 바
꾸었다는 말을 들었다.

에스콘디다 호수와 파그나노 호수를 찾아가도 좋다. 에스콘디다
호숫가에 있는 음식점에서 점심을 먹는 그 여행은 비용이 아깝지 않
다. 물론 그 호수로 곧장 가는 게 아니라 경치가 아주 좋은 곳에서
차가 서므로 사진도 찍을 수 있다. 또 썰매를 끄는 개를 키우는 곳
도 찾아가므로 개들과 기념사진을 찍어도 된다.

썰매를 끄는 커다란 개들이
관광객에 익숙해져서 무척 순했다.

그러나 이 관광은 무서운 가리발디 고개를 넘어간다. 가리발디 고개를 내려가는 길의 왼쪽은 새까만 절벽이어서 내려다보면 오금이 저린다. 가리발디는 아르헨티나 정부가 그 길을 뚫는 데 크게 이바지한 이태리-원주민의 혼혈아의 이름이다. 과나코가 다니는 길을 따라 지금 버스가 다니는 길을 내었다고 한다. 사람들이 일을 하기는 쉬웠겠지만 그 길을 다녔던 과나코를 무시했다는 기분이 든다. 그러나 지금쯤은 안전한 길이 새로 생겼을 것이다.

장담할 수 없지만

우수아이아는 남극에 가장 가까워 남극반도의 킹조지 섬까지 배로 50시간 밖에 걸리지 않는다(이에 반해 푼타아레나스는 70시간이 걸려, 왕복에 2일이나 더 걸린다). 그러므로 여름에는 우수아이아에서 매일 커다란 남극 관광선이 두세 척이나 출항한다.

남극 관광은 무척 발달했다. 예전에는 푼타아레나스에서 배를 타고 드레이크 해협을 건너는 시간이 3일이나 걸렸지만 몇 년 전에 칠레 회사가 비행기-배-비행기 6박 7일 관광 상품을 내놓았다. 푼타아레나스를 이륙해 2시간 만에 킹 조지 섬에 도착한 다음, 관광선을 타고 경치가 좋고 인간의 흔적이 있는 몇 곳을 구경한 후에 다시 킹조지 섬으로 돌아와 비행기를 타고 나오는 상품이다. 이런 상품을 비롯해 9박 10일부터 14박 15일에 이르는 여러 가지 상품이 있다.

비행기-배-비행기 상품을 가장 먼저 개발한 칠레 회사의 홈페이지(http://www.antarcticaxxi.com)를 찾아가면, 관광 비용을 제외한 정보가 있다. 정확한 액수는 예약을 하는 손님에게만 공개하는 것으로 생각된다. 그러나 예외도 있어 2013년 1월 '고래의 사진을 찍는 남극 사파리 특별 할인' 상품으로 '독실은 6,995달러, 3인 공용실은 3,995달러'라는 광고가 있었다. 배가 작다는 안내는 있지만 기간은 표시되지 않아 불안하다. 푼타아레나스에 본사가 있는 이 회사는 최근 사세를 확장해 우수아이아에서도 비행기를 띄운다.

비행기를 이용하는 남극 상품이 제대로 효과를 보려면 날씨가 좋아 비행기가 예정대로 이륙하고 착륙해야 한다. 그러나 남극 여행은 100% 날씨에 좌우되어 '언제 가겠다, 언제 나오겠다'느니 하는 말을 하지 못한다. 날씨는 물론 관광 회사의 책임이 아니다. 그러므로 아무리 프로그램이 그럴듯해도 뜻대로 되지 않을 수 있고, 그렇다고 관광 회사는 아무런 책임도 없어, 아주 큰 여행비를 받았어도 조금도 반환하지 않는다는 것을 염두에 두어야 한다.

멀미를 아주 심하게 하지 않는다면 갑판이나 뱃전에서 시퍼런 빙산이 떠있는 새파란 남빙양에서 고래가 물을 뿜거나 이름 모를 새가 하늘을 나는 풍경이나 가없는 수평선을 바라보아도 남극을 여행한 보람이 있다. 또는 검은 암벽에 두께 30m 정도의 새하얀 얼음이 덮여 마치 잘라놓은 생일 케이크처럼 보이는 남극반도의 해안 풍경도 남극 관광의 별미이다. 나아가 나지막한 섬에 얼음이 덮여 정말이지 하얀 대야를 엎어놓은 것처럼 보이는 섬들도 남극 아니고는 볼 수 없는 아름다운 풍광이다. 또 쌍안경으로 보이는 해안에 모여 있는 펭귄의 무리도 기억에 남을 것이다.

단추와 바꾼 소년

　비글 해협에서 살다가 멸종된 원주민들도 불쌍하지만, 원주민들에게 기독교를 알리려던 선교사들도 처참한 죽음을 당한 일이 있었다. 그 가운데 하나가 1851년 겨울에 얼어 죽었다고 생각되는 영국 선교사 알렌 가르디너의 경우일 것이다.

　영국 해군함장 출신인 알렌 가르디너는 40세이던 1834년, 부인이 죽자 인생의 방향을 바꾸었다. 그는 선교사가 되어 뉴질랜드와 파푸아 뉴기니와 칠레와 볼리비아와 파타고니아에서 선교를 하다가 1848년 원주민 제미 버튼을 만나겠다는 희망으로 티에라 델 푸에고 섬으로 가는 미국 캘리포니아 호를 타고 픽튼 섬에 와 식량을 저장했다(그러나 원주민이 모두 훔쳐갔다). 제미 버튼은 비글호의 피츠로이 함장에게 이끌려 영국에서 교육받았던 야마나족인데 단추와 바꾸었다는 말이 있어 성이 버튼(단추)이 되었다.

　처음 노력에서 실패한 가르디너는 다음에 다시 그와 윌리엄스, 매이드만, 어윈, 배드콕, 브라이언트, 퍼스 일곱 사람으로 된 선교단을 꾸려 오션 퀸 호를 타고 와 1850년

🔭함장이었다가 선교사가 되어 비글 해협에서 비참하게 세상을 떠난 알렌 가르디너.

▙ 지금은 멸종된 티에라 델 푸에고 섬 원주민 가운데 한 부족인
야마나족은 옷을 입지 않고 생활했다.

말 비글 해협 동쪽 입구에 있는 픽튼 섬에 내렸다. 그들은 보트 두
척, 파이오니어 호, 스피드웰 호로 움직였다.

그러나 원주민들이 호의를 보이지 않았고 총과 탄약을 배에서 내
리지 않아, 죽는다는 공포와 기아 속에서 '엄청난 고생을 하다. 스페
인 포구로 간다. 1851년 3월'이라고 바위에 써놓은 다음 그 섬을 떠
났다. 그러나 그들은 한 사람, 한 사람 추위와 기아와 괴혈병으로
쓰러졌다. 새와 동물들에게 파먹힌 채, 두 곳에 흩어진 그들의 유골
들은 그들의 비참한 최후를 가리켰다. 1851년 10월 미국 데이비슨
호의 선장 스마일리는 보트 스피드웰과 시체 세 구를 발견했으며 다
음 해 2월 영국 디도 호의 선장 모르스헤드는 보트 파이오니어 호와

가르디너 선교사와 동료들의 시신을 발견했던 것이다.

시신과 함께 발견된 가르디너와 윌리엄스 의사의 일기는 죽음을 눈앞에 둔 사람 같지 않다. 가르디너는 '하느님은 얼마나 거대하고 굉장한, 사랑이 가득한 자비를 나에게 베푸시는가! 나흘 동안 굶었는데 배가 고프지도 않고 목도 마르지 않고 지금도 살아있다.'라고 일기의 마지막 쪽에 적었다. 윌리엄스 의사는 '나는 모든 표현들로도 표현할 수 없이 행복하다.'라고 죽기 직전에 썼다. 모두 환청과 환각의 상태에 있었다는 느낌이 든다. 또 눈에 보이지 않는 신비하고도 위대한 힘에 이끌렸다는 기분도 든다.

그런 일이 있은 후 1859년 10월 이곳에서 영국성공회 선교사 일행은 알렌 가르디너 호로 상륙해 교회를 지었다. 알렌 가르디너 호는 가르디너를 기념하는 배이다. 교회가 완성된 후 11월 6일 일요일 아침에 예배를 보다가, 비극이 일어났다. 300명 정도의 원주민들이 예배를 보던 갈란드 필립 선교사와 펠 선장을 포함한 여덟 사람을 방망이와 돌멩이와 창으로 공격했고 교회에 불을 질렀던 것이다. 교리 문답사와 스웨덴 선원은 배로 도망치다가 돌에 맞아 죽었으며 선장을 포함한 나머지 사람들은 교회 속에서 무참하게 최후를 마쳤다. 이 무서운 장면을 배 위에서 보고 있던 요리사 알프레드 콜은 숲 속으로 달아났다가 원주민에게 구조되었다(배는 나중에 공격받아 웬만한 것은 다 없어졌다).

제미 버튼은 자기 움막에서 그 광경을 보았으나, 너무 갑자기 생긴 일이라 아무것도 할 것이 없었다(원주민이 공격한 이유가 선교사 일행이 준비한 선물이 마음에 들지 않았기 때문이라는 의견도 있다). 비록 제미의 동생이 그 살육에 가담했어도 선교사를 공격했던 대부분의 원주민들은 제미가 속한 부족이 아니었다는 것이 제미의 설명이었다. 그의 말이 맞다면 범인들은 티에라 델 푸에고 내륙에서 사냥을 하면서 살아갔던 오나족일 수도 있다. 그들은 가끔 바닷가에서 해산물을 먹고 사는 야마나족을 공격했고 제미가 그들을 무서워했다는 이야기가 다윈의 항해기에 있기 때문이다.

그 일이 있은 지 23년이 지나 프랑스 탐험대는 로망쉬 호를 타고 와 1882년부터 1년 동안 호스테 섬 오린지 만에 머물면서, 금성의 일식 같은 천문 현상과 기상관측을 포함한 자연환경을 기록했다. 또 그들은 원주민들의 사진을 많이 찍어 지금도 귀중한 자료가 된다. 그러나 그들은 원주민 몇 사람을 파리까지 데리고 가 '인류전시회'에서 동물처럼 전시했다. 지금이라면 있을 수 없는 일이다.

그 섬의 원주민들은 허마이트 일행이나 알렌 가르디너 호의 선교사들을 죽일 정도로 언제나 그렇게 잔인했고 야만스러웠던 것은 아니어서 시간이 가면서 조난당한 배를 구조했다.

당신이 선택할 수 있는 두 가지

푼타아레나스에서 우수아이아로 가는 방법에는 두 가지가 있다.

먼저 버스를 타면 버스는 마젤란 해협의 북쪽 연안을 따라 산 그레고리오를 지나 북동쪽으로 올라간다. 대부분이 황량한 들판이지만 가끔 다윈타조가 눈길을 끈다.

버스는 가끔 양떼가 있는 풀밭이거나 너도밤나무 숲인 칠레 땅을 거쳐 칠레-아르헨티나 국경에 있는 산 세바스찬 동네를 지나 아르헨티나 영토로 들어간다. 칠레 쪽 산 세바스찬에 있는 카페이자 음식점인 '국경^{Frontera}'에서는 칠레와 아르헨티나와 미국, 세 나라의 돈을 다 받는다. 나이가 60이 넘은 것으로 보이는 주인 아주머니가 영어를 아주 잘했다. 산 세바스찬에서는 국경을 넘으므로 까다롭지는 않지만 당연히 출국-입국 수속을 밟아야 한다. 사람들을 믿어서 그렇겠지만 가지고 있는 큰 짐만 검사했다.

아르헨티나 땅으로 들어간 버스는 리오 그란데를 지나간다. '큰 강'이라는 뜻의 리오 그란데 도시에서는 도시 입구에 송어를 그려놓아, 송어 산업이 주요하다고 광고한다. 관광 안내 책을 보면 송어의 크기가 60~70cm에 무게가 6~7kg이나 나간다. 1990년 11월 하순에 온 리오 그란데는 남극에 가까워서인지 바람이 굉장히 심했다. 모래밭에는 우리나라 민들레보다 더 노란 민들레가 아주 많았고 이름 모를 식물은 뿌리를 아주 깊게 모래밭 속에 박았다. 또 호텔 옆에 있는 가게에서 위에서 말한 너도밤나무의 주먹 같은 이상 조직을 처음 보았다(우리나라의 나무에도 있다). 내부가 아주 복잡한 그 조직은 보기보다 가벼워 아주 신기했다.

그런 리오 그란데에서 남극 세종기지로 가는 아르헨티나의 쇄빙선 알미란테 이리사르 호를 탔다(당시 기술자들과 기지 건설에 필요한 물자를 그 배가 수송했다). 그때는 '대서양'이라는 호텔에서 묵었다. 작지만 깨끗하고 좋은 호텔이었다.

🛬 배에서 바라본 우수아이아는 대단히 아름답다.

리오 그란데를 지난 버스는 위에서 말한 가리발디 고개를 넘어 푼타아레나스를 떠난 지 12시간 만에 우수아이아로 들어간다. 적지 않은 시간이 걸리지만 파타고니아의 남쪽 지방을 볼 수 있고 우리나라에서 보기 힘든 대자연을 구경한다는 재미가 있다.

푼타아레나스에서 우수아이아로 가는 두 번째 방법으로 비행기를 타고 갈 수 있다. 2005년만 해도 비행기는 없었는데, 2012년 7월부터 칠레의 민간항공사인 DAP사의 20인승 비행기인 트윈 오터가 다닌다. 우수아이아까지 비행시간은 1시간 25분이며 요금은 300달러 정도로 추정된다. 2008년 경제 위기에서 회복되면서 관광객이 많아지고 그에 따라 교통편도 자연스레 생겨난다.

우수아이아에서 버스를 타고 푼타아레나스로 돌아올 수 있다. 갈 때도 마찬가지이겠지만, 돌아올 때도 마젤란 해협이 험하면 페리가 해협을 건너지 못해서 몇 시간이고 기다려야 한다. 2005년 1월 그런 경우를 당해, 몇 시간 마젤란 해협의 남쪽 해안에 앉아서 한가한 시간을 보냈다. 그때 무언가를 열심히 적었던 독일 여자가 기특해 책에 넣겠다는 말을 한 다음 그 여자의 사진을 찍었다. 사진을 보내주겠다며 주소를 묻자 그 여자는 나를 건달로 생각했는지 거절했다(그 후 젊은 여자에게는 말을 많이 할 필요가 없다는 생각이 들었다). 그날 숙소로는 밤늦게 돌아왔다. 늦은 밤인데도 하숙을 안내하는 사람들이 정류장에 나와 있어 관광지의 관광 시즌임을 알 수 있었다.

VILLA UKIKA

Poblado creado a comienzos de 1960, donde se estableció la mayor parte de los últimos descendientes de los Yámana, que en la actualidad alcanzan un total de 70 personas de las cuales 51 viven en esta villa.

Puerto Williams

외로움을 달래다

푸에르토 윌리엄스

Puerto Williams

&

무인도 Desert Island

해군들의 도시

칠레 쪽 티에라 델 푸에고 섬은 석유만 캐고 큰 도시가 없다. 하지만 티에라 델 푸에고 섬은 마젤란 해협과 비글 해협을 장악하는 데 중요하므로 칠레로서는 소홀하게 취급할 수 없는 섬이다. 나아가 나바리노 섬을 포함해 비글 해협의 남쪽에 있는 섬들은 위에서 말한 대로 칠레의 영토이다.

그러므로 칠레 정부는 비글 해협과 그 남쪽의 섬들을 장악하려고 비글 해협의 남쪽 해안이자 나바리노 섬의 북쪽 해안에 푸에르토 윌리엄스를 건설했고, 현재는 칠레 해군과 그 가족을 포함한 2,500명 정도의 사람들이 산다. 남위 54° 56′, 서경 67° 37′인 푸에르토 윌리엄스는 칠레가 정책상 건설한 도시이긴 하지만 지구에서 가장 남쪽

✈ 푸에르토 윌리엄스에서는 맞은편의 아르헨티나 땅이 보인다.

에 있는 도시이다. 윌리엄스는 위에서 말한 안쿠드 호를 설계해서 건조했던 칠레 해군 장교 후안 윌리엄스에서 그 이름이 나왔다.

2005년 6월 중순 푸에르토 윌리엄스에서 떠나는 칠레 해군 배 시발드Sibbald 호를 타려고 비행기를 타고 그 도시를 찾아갔다. 남반구 6월은 잘 알다시피 겨울인지라, 비행기 아래로 펼쳐지는 것이 아무것도 없고 오로지 하얀 눈과 얼음과 검은 나무와 절벽과 시퍼런 바다만 있어 무섭고 아주 황량했다. 비록 지금은 다 사라졌지만 그런 곳에서 살았던 원주민들이 정말 대단했다는 생각을 금할 수 없었다.

칠레의 정책에 따라 동네를 만들었다고 졸작은 아니다. 겉으로 보기는 아주 아름답고 오밀조밀하다. 단지 발전기의 연료 탱크로 보이는 큰 탱크가 있어 눈길을 끌었다. 그리고 밤에는 비글 해협 건너에 있는 아르헨티나 알만사 포구의 불빛이 손에 잡힐 듯이 아름다웠다. 그 포구에서는 이쪽 포구의 불빛이 그렇게 아름다울 것이다.

마지막 남은 야마나를 만나다

푸에르토 윌리엄스에서 칠레 해군 배 시발드 호(함장 클라우디오 야네스Claudio Yanez 소령)를 타기 전과 배에서 내린 후 식당과 하숙을 겸하는 '파타고니아'에서 묵었다. 칠레의 집들이 다 그렇지만 나무로 가볍게 지은 2층 집이었다. 화장실은 공용이고 식당은 2층에 있다. TV에서는 3개의 채널만 나왔다.

주인 아주머니의 요리 솜씨가 좋아 음식이 맛있고 깔끔했다. 배에서 내려서 그 집에 묵었을 때, 주인 아주머니가 비버의 고기를 요

리했다. 맛이 있기 보다는 신기한 고기라 맛있게 먹었다. 좀 질겼지만 먹을만했고 이상한 냄새가 났으나 먹을 때는 몰랐다. 비망록에 '타조고기와 비슷'하다는 문구가 있는 것으로 보아, 경기도 소사에서 살았을 때 먹어본 적이 있는 타조고기를 연상했던 것으로 보인다.

비버는 잘 알다시피 물에 둑을 쌓고 사는 쥐 계통의 동물이다. 아르헨티나 사람들이 비버의 가죽을 쓰려고 들여왔다가 야생이 되면서 천적이 없어 너무 많아졌다고 한다. 그러면서 비버가 티에라 델 푸에고 섬의 생태계를 해쳐, 지금은 사람들이 잡는다. 그러나 잘 알다시피 한 번 들어온 야생동물을 인간이 없애기는 아주 힘들다.

주인이 보여준 비버의 가죽은 장경이 80cm가 넘는 타원형이었다. 그러나 기름을 빼지 못해 아주 무거웠다. 만약 가벼웠다면 한 장은 샀을 것이다. 주인도 무겁다는 것을 인정했다. 그러면서 값도 묻지 않았다.

그 도시에 있는 동안 티에라 델 푸에고 섬 원주민의 후손들이 사는 동네 우키카를 찾아갔다. 먼저 눈에 띄는 것이 그 동네에 있는 개들이 『비글호 항해기』의 그림에 있는 개처럼 호리호리하다는 사실이었다. 혹시 칠레인들이 가지고 온 개들과 잡종이 되지 않았다면 원래의 모습을 유지할 것이다. 또 개들이 나그네인 나에게 상당한 적대감을 보이는 듯해서 내가 손님이라는 것을 아는 것 같았다.

그 마을에서 사는 사람들은 자신들을 '칠레 야마나'라고 불렀다.

🛬 티에라 델 푸에고 섬의 원주민 우키카 마을로
　　들어가는 입구에 우키카 다리가 있다.

🛬 원주민 마을 우키카의 안내판이 보인다.

원주민 남자는 76세 된 자기의 어머니가 '마지막 남은 순수한 야마나'라고 말했다. 그럴 것이다. 안내판을 보면 70명 정도 남은 후손 가운데 50명 정도가 그 마을에서 산다. 그는 키가 컸고 말랐으나 강인한 어부일 뿐이었다. 그래도 그에게 부탁을 해 그의 집안을 보지 못한 것이 안타깝다. 이제는 옛날과 달리 TV와 전기 같은 문명이 그들의 삶 속으로 파고 들어갔으리라.

반가워

내가 탔던 배는 섬에서 오가는 배를 감시하는 하사관들에게 식품을 포함한 물자나 기름을 운반하고 기술자들이 통신 장비나 발전기를 고쳐주는 배였다. 해군에게는 그런 배도 있어야 할 것이다.

푸에르토 윌리엄스를 2005년 6월 19일 떠나 가장 먼저 스나이프^{Snipe} 섬에 상륙했다. 이 섬은 나바리노 섬의 북동쪽 비글 해협 가운데 있는 장축이 2km가 되지 않는 작은 섬이다. 그 섬에서는 하사관 부부가 7살과 3살 난 딸 둘을 데리고 있었다. 군인 혼자 있으면 근무하는 게 어렵겠지만, 가족이 있다면 덜할 것이다. 대신 가족이 친구가 없어 힘들 것이다. 섬에는 등대와 게양대와 집과 탑이 있어, 필요한 것은 다 있다. 커다란 개가 반갑다고 덤벼드는 바람에 가지고 있던 볼펜이 부서졌다. 개도 그 섬에서 한 가족 네 사람만 보다가 많은 사람들을 보니 반가웠을 것이다.

비글 해협 입구의 누에바 섬 카를로스 만에서 근무하는 하사관은 부인과 하비에라라는 7살 난 딸과 함께 있었다. 엄마가 인터넷으로

초등학교 과정을 가르쳤다. 2004년 9월
20일에 준공했다는 2층집은 깨끗했다. 놀
랍게도 그 섬에는 지뢰가 묻힌 곳이 있어
4개 국어로 표시되어 있었다(칠레가 묻은
지뢰인가? 그럴 수 있을 것이다). 1892년
에 지은 물개 사냥꾼들을 위한 작은 '물
개 잡이 성처녀'라는 성당이 있어 놀랐
다. 하얀 보로 덮인 제대가 있고 예수의
고상이 있어 분명히 미사를 드리는 곳이
다. 노예선 선원과 해적과 함께 바다의 3
대 깡패인 그들도 기도를 드리고 미사에
참가했나? 놀랄 일이다. 또 그 섬에는 폭
150~200m에 길이 1km 정도의 둥근 자
갈로 덮인 큰 해안이 있어 눈길을 끌었
다. 지형과 지질과 바다와 바람이 맞는다
면, 그런 해안이 생길 것이다. 반면 땅은
밟으면 쑥쑥 들어가는 게 죽은 풀들이 두
껍게 쌓였다는 뜻이다.

스나이프 섬에 있는
칠레 해군 하사관 가족을 만났다.

사람이 그리워

케이프 혼 북쪽의 윌러스톤 섬에는 건
물이 잘 보이지 않을 정도로 숲이 우거졌

다. 안테나가 몇 개나 있는 것으로 보아 상당히 큰 기지이다. 한 가족 세 사람이 사는 집은 크지만 비가 샌다. 그래도 물 문제가 없다니 다행이다. 개가 쉬지 않고 짖는 것을 보니 사람이 그리웠나보다. 바닷물이 그렇게 차지 않고 해안에는 켈프가 미끈거려 걷기 힘들다.

비글 해협 입구의 레녹스 섬에서 딸 둘을 데리고 근무했던 해군 하사관 마리오 로코는 처음 본 나를 아주 친절하게 대해주었다. 고맙게도 그 부부는 분명히 고고학 유물로 보이는 돌 도구를 선물로 주었다. 부인이 해안에서 주웠다는 그 도구는 크기 10cm x 4cm에 두께는 8mm 정도로 손에 쥐기 좋도록 아주 납작했다. 아마 원주민이 해표의 가죽에서 기름을 긁어낼 때 썼던 도구로 보였다. 실제 부인은 손으로 쥐고 긁어내는 시늉을 했다. 그들은 상당히 비싼 물건이니 잘 보관하라고 말하면서 부득부득 내게 주어서 좋은 기념품이자 선물이 되었다. 해안에는 킹크랩을 잡으러 오는 배를 위한 구조물이 있어 눈길을 끌었다. 한편 그 섬에는 옛날 금광을 개발하던 건물들이 그런대로 깨끗하게 서있었다.

같은 곳을 향하는 다른 풍경

푸에르토 윌리엄스로 간 때가 한겨울이라 길이 얼어붙었고 낮도 짧았고 혼자라 거의 돌아다니지 못했다. 여름에는 원주민의 공동묘지가 있는 곳으로는 갈 수 있다고 한다. 원주민이 한꺼번에 많이 죽어 그냥 묻혔지만, 선교사들이 십자가를 세운 것으로 생각된다.

그런 곳이 아니라도 황량한 대자연이 좋다면, 사람의 손길이 거의 닿지 않아 볼 것이 많을 것이다. 비글 해협 일대는 마젤란 해협보다 사람의 영향이 적고 비글 해협에서도 남쪽의 섬으로는 사람이 거의 오지 않는다.

푼타아레나스에서 푸에르토 윌리엄스로 오고 가는 길은 두 가지가 있으며, 모두 당연히 계절에 영향을 받아 여름에는 자주 있고 겨울에는 뜸하다.

하나는 먼저 위에서 말한 DAP의 비행기를 타는 방법이다. 비행기는 비행시간이 1시간 15분 정도이며 운임은 2012년에 200달러가 넘었다. 그러나 비행기를 예약했어도 반드시 확인해야 하는 것이 날씨에 따라 결항하고 손님이 많기 때문이다. 관광객과 푸에르토 윌리엄스에서 푼타아레나스로 나들이하는 칠레 해군 장교들과 그들의 가족이 많다.

🛫 푸에르토 윌리엄스 공항에서 보이는 지형이 험하다.
왼쪽은 푼타아레나스와 푸에르토 윌리엄스를 오가는 비행기.

둘째, 해상운송 회사인 브룸의 비글 해협을 구경하는 관광선을 타면 푸에르토 윌리엄스로 갈 수 있다. 약 560km를 가는데 34시간 걸리는 그 여행은 밤에 푼타아레나스를 떠나 아침에 비글 해협으로 들어와서 피오르드, 빙하, 빙원, 강, 폭포, 수목한계선, 설선, 바다, 하늘, 동물들을 구경하면서 동쪽으로 간다. 빙하로도 올라가기도 하면서 다음 날 아침에 푸에르토 윌리엄스에 닿는다. 돌아올 때는 오전에 떠나 낮에 비글 해협을 지나며 낮에 푼타아레나스에 도착한다. 좌석에 따라 운임이 달라, 2012년에 침대는 258달러, 의자는 186달러였다.

칠레 정부가 2005년 티에라 델 푸에고 섬에 있는 동네에서 비글 해협으로 가는 길을 뚫기 시작했으나 2013년까지 끝내지 못하고 있었다. 호수는 피하고 강은 다리로 통과하지만, 빙하로 덮인 마지막 부분을 피해 산록으로 넘는 고개가 어려운 구간으로 보인다. 그러나 몇 년 만 지나면 자동차로 비글 해협까지 가서 페리를 타고 푸에르토 윌리엄스로 갈 수 있을 것이다. 푼타아레나스를 떠난 자동차는 바지선에 실려 마젤란 해협을 건너갈 수 있다.

푸에르토 윌리엄스는 칠레의 해군 도시이지 관광도시가 아니다. 또 주민도 아주 적다. 그래도 여름에는 워낙 많은 사람들이 몰려들어, 예약을 하지 않으면 잠잘 곳을 구하기 힘들다. 그리로 처음 가는 분들은 이 점을 각별히 유의해야 한다. 2005년 6월은 손님이 없는 한겨울인데도 잘 수 있는 곳이 세 곳밖에 없었고 숙소는 세 번째 만에 구했다(한 집은 잠잘 곳은 없었고 밥은 먹을 수 있었다).

아르헨티나 땅 우수아이아에서 칠레 땅 푸에르토 윌리엄스로 갈 수도 있다. 아르헨티나 해운 회사인 페르난데스 캠벨의 12인승 페리를 타면 된다. 2009년 8월부터 운행되는 이 페리는 250마력 엔진에 속도가 28해리로 운행 시간은 1시간 15분이다. 바다가 고요하면 뱃놀이나 다름없으며 아르헨티나와 칠레 두 나라의 출국과 입국 과정을 통해서 두 나라의 시설과 의식과 문화의 차이를 느낄 수 있을 것이다. 비글 해협을 따라 가운데로 국경이 지나간다.

2012년 말 우수아이아에서 떠날 때에는 운임 125달러에 부두 사용료 23달러였다. 푸에르토 윌리엄스에서는 운임은 같아도 부두 사용료는 다를 수 있다.

비글 해협에서 보이는 나비리노 섬은 아주 험준하다.

허셜 섬 ♀└Cape Horn

세상의 끝에 홀로 서다

케이프 혼 Cape Horn

바람 한가운데에서 시를 읊다

이 글을 읽는 분들은 중학생 때, 세계지도를 펼쳐놓고 케이프 혼을 들여다 본 기억이 있으리라 믿는다. 또 지리에 관심이 없더라도 케이프 혼이 남아메리카 대륙의 끝이라는 것을 누구나 다 안다. 케이프 혼은 남위 55° 59′, 서경 67° 17′으로, 혼 섬의 남쪽 끝인 갑岬이며 높이가 405m인 바위봉우리로 남아메리카에서 가장 남쪽 끝이다. 케이프 혼 북쪽으로는 용감한 뱃사람들의 죽을 고생으로 발견된 이름 모를 작은 섬들이 흩어져 있다.

관광선을 타고 케이프 혼을 처음 찾아갔을 때는 4월이었다. 긴장 때문인지 새벽 5시가 조금 넘어 눈을 떴다. 6시가 다 되어 섬의 윤곽이 보이고 별이 또렷하게 보이는 것이 구름이 없어 날이 맑을 수도 있다는 예감이 들었다. 아직 반은 남았지만 이지러지는 달의 윤곽도 또렷했다. 배의 왼쪽으로 보이는 케이프 혼 섬으로 생각되는 섬의 등대가 반짝거렸다. 설혹 섬에 올라가지 못해도 그 섬의 바로 눈앞에 왔다는 것만으로도 보람이 있다고 생각했다.

우유와 사과파이와 생과자로 아침을 먹은 뒤 방에서 기다렸다. 그러나 수평선 위로 구름이 끼는 게 심상치 않았다. 그러면 그렇지. 여기가 어디인데 가을 하늘처럼 쾌청한 하늘을 바라겠는가? 그러나 나누어진 안내서에 쓰인 대로 아침 7시 15분이 되자 아주 좋은 날씨로 케이프 혼에 상륙하겠다며, 올라갈 사람들은 4층 라운지에 모이라는 방송이 나왔다. 기온 8℃에 바람이 12노트라니, 춥지도 않고 바람도 약했다.

🛩️ 계단을 통해 사람이 올라갈 수 있는 케이프 혼.
멀리 보이는 나무 계단의 왼쪽으로 앨버트로스 상이 보인다.

고무보트는 7시 30분 정도에 해안에 가까이 왔다. 파도가 워낙
센 곳이라 해안은 모래가 아니라 바위와 자갈이다. 미리 해안에 온
선원들의 손목을 잡고 바위로 올라왔고 나무 계단을 올라갔다. 검게
퇴색된 계단은 벌써 상당히 오래전에 만들어졌음을 보여준다. 케이
프 혼에 관한 강의에서 듣기로는 1991년 등대를 지었다니, 이 계단
도 그때를 전후해서 지어졌다고 보아야 할 것이다.

✈ 케이프 혼에는 아담한 성당이 바람 한가운데에 서있었다.

케이프 혼에는 나무가 없고 풀 뿐이다. 그나마 키가 큰 풀은 거의 없어 모두 바람을 피해 키가 크지 않거나 작은 채로 살아가는 풀들이라 생각되었다. 바람이 강한 이곳의 자연환경에 적응한 것이다. 그래도 땅이 푹신푹신한 것을 보아, 오랫동안 풀들이 생장했고 또 죽어 두껍게 쌓여 토탄이 되었을 것이다. 가을에 왔기에 꽃들이 거의 없었지만, 봄이나 여름에는 꽃들이 아름답게 피었을 것이다.

우체국이 있는 주 건물이자 칠레 해군들이 근무하는 통신소에서 조금 떨어진 곳에는 작은 성당이 있어, 이 나라가 천주교 국가라는 것을 보여주었다. 그 앞에는 빨간색과 하얀색이 섞인 등대가 있다. 사람들이 찾아가는 곳을 따라서는 나무판을 깔아놓아 밟고 가게 만들었다. 검게 변했고 낡아 가끔 부서진 곳이 눈에 띄는 그 나무판들이 시간을 말했다.

케이프 혼은 칠레의 국립공원이다. 그 꼭대기에는 칠레 정부가 아메리카 대륙 발견 500년을 기념해 1992년 12월 5일에 세운 두 장의 강철판을 오려내어 만든 앨버트로스 상이 서있다. 바람이 워낙 강한 곳이어서 그렇게 만들었으리라.

앨버트로스 상으로 가는 길에는 대리석 기념비 2개가 서있다. 그 기념비 하나에는 칠레의 시인 사라 비알 여사가 앨버트로스를 노래한 시가 쓰여 있다.

🕊 케이프 혼에서는 사라 비알의 시가
조난당한 뱃사람들의 넋을 위로한다.

SOY EL ALBATROS QUE TE ESPERA
EN EL FINAL DEL MUNDO
SOY EL ALMA DE LOS MARINOS MUERTOS
QUE CRUZARON EL CABO DE HORNOS
DESDE TODOS LOS MARES DE LA TIERRA
PERO ELLOS NO MURIERON
EN LAS FURIOSAS OLAS,
HOY VUELAN EN MIS ALAS,
HACIA LA ETERNIDAD
EN LA ULTIMA GRIETA
DE LOS VIENTOS ANTARTICOS.

SARA VIAL
JULIEMBRE 1992

나는 세상이 끝나는 곳에서 그대를 기다리는 앨버트로스,

온 세계 바다에서 케이프 혼을 돌아가다가 죽은 뱃사람들의 잊힌 넋.

그러나 그들은 노한 파도 속에서도 죽지 않아,

오늘도 남극의 바람 마지막 틈새에서, 내 날개를 타고 영원으로 날아가.

이 시를 읽고 있노라면 앨버트로스가 눈앞을 날아가고 있는 듯하다. 또 하얗게 꼭대기가 부서지는 산더미 같은 험한 파도와 그 위를 유유히 날아가는 커다란 앨버트로스의 날개를 탄 선원이 보이는 듯하다. 얼마나 많은 선원들이 험한 바다와 바람을 원망하며 차가운 바닷물 속으로 사라졌을까? 그래도 그들은 죽지 않았다. 앨버트로스로 환생한 것이다. 또 사진으로라도 본 적이 없는, 그 시를 지은 나이가 든 현명한 할머니 같은 모습을 한 사라 비알 씨가 보이는 듯하다.

죽은 선원은 새가 되어

옛날 선원들은 선원이 폭풍에 조난당해 죽으면 그 혼이 앨버트로스가 된다고 믿었다. 그러므로 그들은 그 새를 절대로 잡지 않았다. 앨버트로스의 일종인 완더링 앨버트로스는 다 크면 두 날개 끝의 길이가 3.5m나 되는 새하얀 새로, 현재 지구에 있는 새 가운데 가장 큰 새이다. 그러나 앨버트로스는 무서운 새여서 사람이 보트에 앉아 있으면 날개로 쳐서 물에 떨어뜨린 다음 공격했다는 말을 들었다.

날개를 펴고 날아가는 강철 앨버트로스 상은 우리가 지금 지구의

끝에 온 것을 반가워하는 것처럼 보였다. 강철 기념물은 바람이 지나가도록 두 부분으로 나누어져 세워져, 기념물을 설계하고 세운 사람의 정성과 노력과 기술을 보여주었다. 실제 바람이 지나가도록 잘라낸 가운데 부분이 앨버트로스 모양이다. 앨버트로스 앞뒤의 조각들이 파도 모양인 것으로 보아, 앨버트로스는 사나운 케이프 혼의 파도 위를 날아간다.

앨버트로스 상을 두 부분으로 만든 아이디어가 좋았으나 구리가 대단히 많은 칠레에서 상을 강철로 만들어, 녹물이 새빨갛게 흘러내려온 것이 이해되지 않았다. 칠레에서는 철이 구리보다 비싼가? 그 앞의 바닥에는 각 대륙 여러 곳의 방향과 거리를 표시한 대리석 판도 있다. 앨버트로스 상이 있는 케이프 혼은, 위에서 말한 높이 405m의 암벽 꼭대기가 아니고, 그 암벽에서 동북쪽에 있는 사람이 올라갈 만한 곳이다. 그러니 정확한 케이프 혼은 아니다. 정확한 케이프 혼은 절벽 꼭대기여서 바다나 땅으로 가기 아주 힘들다.

🛬 앨버트로스 상은 실제로 그 새의
   비상을 보는 듯하다.

플래시를 써야 할 정도로 날씨가 흐려 겨우 몇 장면을 찍었다. 여름이라면 그 시간에 날이 밝았을 것이나 당시는 그렇지 못해 안타까웠다. 앨버트로스 상만 보아도 여기에 오기를 잘 했고 날씨가 좋아 상륙할 수 있었던 것이 큰 다행이었다. 실제 우리 앞의 항해에서는 날씨가 나빠서 케이프 혼에 올라가지 못했다고 한다. 그에 견주면 우리는 운이 아주 좋았다.

케이프 혼을 두 번씩이나 찾아가 앨버트로스 상까지
갈 수 있었던 것은 행운이었다.

드레이크 해협이 발견된 다음부터 파나마운하가 개통될 때까지 수많은 배들이 케이프 혼을 돌아갔다. 그 가운데 수를 알 수 없는 많은 배들이 조난당했다. 저 넓은 바다를 지나가다 얼마나 많은 뱃사람들이 생명을 잃었을까? 정확한 숫자를 알 수는 없고, 그곳에서 조난을 당한 내용을 정리한 최근의 책에는 80척 가까운 배의 이름이 나온다. 실제로는 800척 정도가 조난당해서 1만 명 정도의 사람들이 생명을 잃었다고 들었다. 파나마운하가 개통되기 전까지 대서양-태평양을 지나가는 모든 배들이 마젤란 해협을 지나가거나 케이프 혼을 돌아가면서, 날씨가 워낙 나빠 비극이 생겼던 것이다. 그러나 우리가 올라갔던 날은 바다가 고요해서 조난을 당한다는 것을 상상하기 힘들 정도였다. 구름 속에서 태양이 나타났고 주위를 둘러보고 끝없는 바다를 찬탄할 마음의 여유가 있었다.

세상의 끝에서 보내는 편지

앨버트로스 상으로 가는 길 옆 평지에는 1978년 칠레와 아르헨티나 사이에 전쟁 일보 전까지 갔을 때, 묻어둔 지뢰가 아직도 묻혀있어서 철조망을 둘러쳐 들어가지 못하게 막았다. 그곳이 건물에 가깝고 평탄해 공수부대가 낙하하기에 좋다는 것을 한눈에 알 수 있었다. 대자연은 아무리 망망하고 아름답고 마음을 시원하게 해도 인간들의 욕심과 싸움은 끝이 보이지 않아 마음이 아프다.

케이프 혼에 등대가 있다는 것은 이해되지만 놀랍게도 우체국과 교회가 있었다. 케이프 혼이 칠레의 국립공원이기 때문이다. 엽서 몇 장을 사 도장을 찍어서 큰 봉투에 넣어 서울집의 주소를 적었다. 언제 만들었는지 꽤 낡은 어린이용 그네가 주인없이 바람에 흔들거렸다.

　케이프 혼에서는 남쪽으로는 남빙양이 끝없이 펼쳐진다. 왼쪽(동쪽)으로는 대서양과 오른쪽(서쪽)으로는 태평양을 한눈에 볼 수 있으며 북쪽으로는 쓸쓸한 바위섬들이 보인다. 그 넓은 바다를 바

　　세상의 끝, 남아메리카 케이프 혼에서 인간 탐욕의 흔적인
　　　지뢰밭을 보리라고는 상상도 하지 못했다.

라보니, 호연지기라는 말의 뜻을 느낄 것 같았다. 한 장소에서 대양 세 곳을 볼 수 있는 곳은 그곳밖에 없을 것이다. 그런 점에서 케이프 혼은 특별한 곳이다. 흔히 말하는 망망한 대양은 그야말로 망망해, 파란 물로만 된 넓고 깊은 바다만이 가없이 계속된다. 또 하늘만 높다. 그래도 가끔 바닷새들과 콘도르가 날아, 생명이 있다고 생각돼 그나마 다행이다. 척박하고 바람이 센 그 땅에서는 나무는 자라지 못하고, 이름 모를 작은 관목들과 풀들이 자란다.

훈? 혼?

'케이프 혼'이라는 이름의 유래가 재미있다. 네덜란드 탐험가 자크 르 매르와 윌렘 슈텐은 처음에는 유니티 호와 혼 호 두 척의 배로 탐험을 시작했다. 그러나 파타고니아의 푸에르토 데세아도(영어로는 포트 디자이어) 포구에서 혼 호에 불이 나면서, 한 척만으로 탐험을 하게 되었다. 선원들은 바위로 된 외로운 섬들을 돌면서, 잃어버린 배 혼 호를 생각해서 그 마지막 섬의 끝을 '케이프 혼'이라 불렀다. 또 다른 이야기로는 선장의 고향을 기념해 그렇게 붙였다고 한다. 실제로 북 네덜란드 바닷가에는 혼이라는 곳이 있다.

다른 이야기도 있다. 네덜란드에서는 혼Hoorn이라고 네덜란드 식으로 썼으나, 이후 세계의 해양을 지배한 영국 사람들이 'o'자 한 자를 빼 혼Horn이라고 썼다는 말도 있기 때문이다. 그럴 법한 것이 'Hoorn'이라고 쓰면 영국 사람들은 '혼'으로 발음하지 않고 '훈'으로 발음하기 때문이다. 네덜란드 사람들이 케이프 혼의 이름을 붙일 때

처음부터 'o'자 하나를 뺐다는 이야기도 있다. 그러나 그 이야기는 그럴 것 같지 않다. 보통 남아메리카 대륙의 끝이 쇠뿔같이 생겨, '쇠뿔'이라는 영어[horn]에서 '케이프 혼'이라는 이름이 나왔다고 생각할 수도 있으나 그렇지는 않다.

네덜란드는 잘 알다시피 작아도 강한 나라이다. 16세기부터 세계를 탐험하고 돌아다니면서 해운업과 금융업을 발달시켰다. 또 남자의 평균키가 184cm로 세계에서 가장 크며 격투기 선수 중에도 네덜란드 출신이 있다.

세상의 끝을 향해 가다

케이프 혼은 머나먼 곳으로 생각할 수 있다. 그러나 관심만 있다면 가볼 수 있는 곳이다. 케이프 혼은 칠레의 국립공원으로 찾아가는 방법이 두 가지가 있다. 먼저 푼타아레나스에서 그리로 가는 호화관광선을 타는 방법이다. 푼타아레나스의 토호기업인 코마파의 호화관광선인 마레 아우스트랄리스 호와 스텔라 아우스트랄리스 호와 비아 아우스트랄리스 호가 4박 5일과 3박 4일로 간다. 전자는 푼타아레나스를 떠나 비글 해협을 구경하면서 우수아이아로 가, 하루가 길다. 후자는 우수아이아를 떠나 케이프 혼과 울라이아 소만을 보고 비글 해협을 밤에 지나 푼타아레나스로 온다. 울라이아 소만은 나바리노 섬에 있으며 다윈과 함께 왔던 선교사가 정착에 실패했던 곳이며 위에서 이야기했던 필립 선교사 일행의 비극이 생겼던 곳이다. 일종의 사적지이다.

✈ 2005년 4월 케이프 혼으로 간 칠레 호화 유람선
비아 아우스트랄리스Via Australis 호의 나이 많은 선장과 관광객들.

세 척 모두 10월 하순부터 다음해 4월 중순까지만 운행한다. 손님이 적은 10월 하순과 4월 중순은 3박 4일 승선인 경우, 할인 기간의 요금을 받아서 각각 1인당 최고 1,824달러와 최저 944달러 정도이며 4박 5일인 경우, 2,432달러부터 1,258달러이다(성수기에는 이 금액의 1.5배가 넘는다). 그러나 선실은 원칙으로 부부용이므로 이 액수의 2배를 지불해야 한다. 한 사람인 경우는 1인 금액의 1.5배를 지불해야 한다.

두 번째 방법은 칠레 해군의 배를 타는 방법이다. 이 방법은 공신력이 있는 기관에서 푼타아레나스에 있는 칠레 해군 사령부에 방문하는 이유를 문서로 제출하면 사령관이 심사해서 결정한다. 곧 그를 설득시키면 된다. 그를 설득시키려면 자신의 계획이나 그 계획에 관런된 과거의 업적, 예를 들면 책, 전시회 안내장, 사진첩 같은 것을 첨부하면 나을 것이다. 배에서 며칠을 먹고 자므로 크지 않지만 당연히 식비와 숙박비를 내어야 한다.

칠레 남극연구소에서 연가를 보내던 중 이 배를 타고 2005년 6월 케이프 혼으로 다시 갔다. 칠레 남극연구소 소장에게 내가 글을 쓸 소재와 사진이 필요하다고 이야기했고, 칠레 해군 사령관이 그 이야기를 받아들였다.

케이프 혼으로 가는 배를 타게 되면 관측소에 있는 하사관들의 가족한테 줄 선물을 생각해야 한다. 하사관들 대부분은 30대 후반으로, 부인과 한두 명의 아이가 있다. 그 가족들에게 간다는 사실을 몰라 맨손으로 갔고, 대신 사진을 찍어서 보냈는데 받았으리라 믿는다.

칠레 해군의 배를 타기 전에는 케이프 혼으로 간다고 신청했으므로 그 배가 케이프 혼만 가는 줄 알았다. 그러나 타고 보니 케이프 혼과 그 북쪽 비글 해협의 남쪽에 흩어진 섬에 물자를 운반하는 배였다. 덕분에 새로운 경험을 했고 신기한 물건도 얻었고 여러 사람을 만나고 섬들을 보게 되어 오히려 훨씬 더 좋았다.

들리는 말로는 칠레 해군의 경우, 선실에 여유가 있으면 푼타아레나스에서 관광객을 태운다(운이 좋으면 남극으로도 갈 수 있다)고 한다. 이런 배를 타려면 푼타아레나스 부두에서 칠레 해군들을 쉬지 않고 접촉해야 할 것이다. 그러나 이런 편승이 합법인지 아닌지는 모르겠다. 칠레 해군본부에 요청하는 것이 합법이라 생각되지만, 용기는 젊은이의 특권이므로 한번 부딪쳐보는 것도 괜찮다고 믿는다. 항상 학교에서 배운 대로 살아갈 필요는 없다!

혹시 남극으로 가는 배를 타면 그 배가 가는 곳을 구경하게 된다. 세종기지가 있는 킹조지 섬 프레이기지, 칠레 해군 프랏기지, 칠레 육군 오이긴스기지, 칠레 육군 비델라기지이다. 세종기지처럼 보고 싶은 곳으로 가지는 못해도 칠레기지와 펭귄, 해표, 빙산, 얼음으로 덮인 섬 같은 남극의 상징을 많이 볼 것이다. 덧붙이면 남극으로 가는 칠레 해군 배는 푼타아레나스에서 떠나며, 케이프 혼으로 가는 배는 푸에르토 윌리엄스에서 떠난다.

참고문헌

* 장순근, 「그림으로 보는 찰스 다윈의 비글호 항해이야기」, 2003.

* 장순근, 「비글호 항해기」, 2013.

* 제레드 다이아몬드, 「총, 균, 쇠」, 1998.

* Adrian Gimenez Hutton, 「La Patagonia de Chatwin」, 1999.

* Antonio Pigafetta, 「Primer Viaje en torno del Globo」, 1997.

* Bruce Chatwin, 「In Patagonia」, 1975.

* Buenos Aires, 「Revista Geografica Americana」, 1938.

* Chairman, Board of Directors, Peter B. Norton, President Robert P. Gwinn
  (Author), 「The New Encyclopaedia Britannica」, 15th edition, 1992.

* Charles Darwin, 「The Voyage of the Beagle」, 1860.

* David H. Childress, 「Lost Cities & Ancient Mysteries of South America」, 1985.

* David W. Steadman & Steven Zousmer, 「Galapagos」, 1988.

* E. Lucas Bridges, 「Uttermost Part of the Earth」, 1948.

* Laurence Bergreen, 「Over the Edge of the World; Magellan's Terrifying
  Circumnavigation of the Globe」, 2003.

* Museo Pre-Colombiano, 「Tierra del Humo」, 1990(?).

* National Geographic Society, 「National Geographic Magazine」, February 1992.

* Rae Natalie Prosser Goodall, 「Tierra del Fuego」, 1976.

* Richard Darwin Keynes, 「The Beagle Record」, 1978.

찾아보기

ㄱ

갈라파고스 제도 38~46

ㄴ

나탈리 구돌 174

ㄷ

대항해시대 14

ㄹ

라플라타 강 16, 112~113

리마 55~56, 61, 91

리우데자네이루(리우) 16, 21~26, 31

ㅁ

마젤란 광장 133, 135, 139~140, 146, 148~149

마젤란펭귄 42, 159~160

마추픽추 51, 55, 62~74, 76, 79

마푸체 인디오 85, 92

ㅂ

발견하는 시대 15, 17

발디비아 82~83

발파라이소 82, 105~107

베스푸치 15~16

부에노스아이레스 56, 84, 113, 118~123, 125, 161

ㅅ

사라 비알 201~202

사르미엔토 감보아 161

산티아고 45, 82~88, 91, 93~101, 103~106, 109, 129, 137, 139, 164~165

스나이프 섬 191

ㅇ

아르마스 광장 95~96

안데스 산맥 36, 51, 55, 64, 70, 84, 93~94, 97, 107~109, 117~119, 124, 164

안토니오 피가페타 132

알렌 가르디너 177, 179~180

앨버트로스 상 199, 201~205

야마나족 177~178, 180

엔히크 14

오얀타이탐보 76~77

오이긴스 84~85, 211
와이나픽추 66, 70, 79
우루밤바 70~71, 74~76
잉카족 50~52, 54~55, 57, 59, 61,
63~69

ㅈ
제미 버튼 177, 179

ㅊ
찰스 다윈 40, 125, 158, 168
침보라소 화산 35

ㅋ
카를로스 5세 128
카브랄 15
케란디스 인디오 114
코끼리거북 41
콜럼버스 15, 50, 95, 139
쿠스코 51, 58~62, 68~70, 72~74
키토 34, 36, 40, 44, 46

ㅌ
테우엘체 인디오 116

토레스 델 파이네 153, 155

ㅍ
파나마 지협 35
파벨라 30~31
페드루 1세 18
포트 패민 161, 163
푸에르테 볼네스 133, 161, 163
푼타아레나스 85, 133~143, 145~146,
148~149, 152~153, 156, 159,
161~162, 164~165, 175~176, 180,
183
피사로 50~51, 53~54, 56~57, 82
피삭 72~73
핀손 15
핀치새 41

ㅎ
하버튼 농장 172~174
하이램 빙엄 70
후안 데 솔리스 113
후안 마누엘 로사스 116
훔볼트펭귄 42

배낭에 챙겨가야 할 깨알같은 남미 이야기

1판 1쇄 인쇄 2014년 6월 12일
1판 1쇄 발행 2014년 6월 16일

지은이 장순근
펴낸이 안성호
편집 이소정 조경민 강별 | 디자인 이보옥 황경실
브랜드 이리 | 출판등록 2005년 8월 9일 제 313-2005-00176호
펴낸곳 리젬 | 주소 121-821 서울시 마포구 동교로9길 9 102호
대표전화 02-719-6868 편집부 070-4616-6200 팩스 02-719-6262
홈페이지 www.ligem.net
전자우편 iezzb@hanmail.net

© 장순근

이 도서의 국립중앙도서관 출판시도서목록(CIP)은 서지정보유통지원시스템 홈페이지(http://seoji.
nl.go.kr)와 국가자료공동목록시스템(http://www.nl.go.kr/kolisnet)에서 이용하실 수 있습니다.
(CIP제어번호: CIP2014016713)

ISBN 979-11-85298-17-7